ふたつの故宮博物院

两个故宫的离合

历史翻弄下两岸故宫的命运

[日] 野岛刚 著
张惠君 译

上海译文出版社

目录

简体中文版序 | 1

序章 什么是故宫？什么是文物？
二十年前对于台北故宫的不协调印象 | 5
蒋介石决定把文物运到台湾 | 6
与中国近代史息息相关的故宫命运 | 10
故宫与其他世界性博物馆的不同之处 | 13
变革季节的到来 | 16
故宫日本展的启动 | 17
台北故宫大厅被大陆游客淹没 | 21

第一章 民进党未完成的"美梦"——故宫改革
民进党希望改变故宫定位 | 28
表现"改革"精神的电影 | 32
陈水扁起用的院长 | 34

"华夷思想"影响下的孤岛 ǀ 40
　　被钉在南部的"改革"之钥——"故宫南院" ǀ 44
　　第三位院长是女性 ǀ 49
　　围绕文化行政的主导权拉开女人的战争 ǀ 52
　　被国民党阻止的行动 ǀ 56
　　陈水扁的密访 ǀ 61
　　"被中华中心主义的铜墙铁壁阻挡" ǀ 62

第二章　文物流失——是丧失,还是获得?

　　中国朝代的盛衰与文物 ǀ 67
　　文物流失的主角——"末代皇帝" ǀ 68
　　香港展出的溥仪的首饰 ǀ 73
　　文物流出将中华文化传播至世界 ǀ 77
　　在日本关西开花结果的中国艺术沙龙 ǀ 80

第三章　漂泊的文物

　　九一八事变改变了文物命运 ǀ 87
　　首次故宫海外展览大获成功 ǀ 90
　　大陆向西再向西 ǀ 91
　　南京和北京迄今仍"互不相让" ǀ 96

第四章　文物到台湾

遍寻不着蒋介石对故宫的想法 | 103

因国共内战而急转直下的文物命运 | 107

与文物一起渡海的人 | 111

第二批文物也包括世界最大规模的丛书《四库全书》 | 117

是"造反者"还是英雄？ | 122

第五章　迈入"两个故宫的时代"

台北故宫为何称为"中山博物院"？ | 127

台北故宫建筑与当时的国际情势 | 130

现在已经荒废的北沟仓库遗址 | 134

探究设计者的心路历程 | 135

中华文化复兴运动的浪潮 | 144

日本人寄赠的文物 | 145

北京的进展 | 147

第六章　中华复兴的浪潮——国宝回流

香港出现圆明园的被掠夺品 | 154

参与回流的特殊人士 | 158

一扫圆明园遗恨的人 | 161

受到全世界瞩目的巴黎鼠像拍卖会 | 166

要求返还文物的中国国内动向 | 169

归还运动的结果 | 171

第七章 故宫会达成统一吗?

记者会上两位故宫院长的反应 | 179

两岸关系改善后台北故宫的"反向操作" | 182

"南院"的命运如风中之烛 | 185

另怀心思地展开交流 | 188

下一个目标——"日本展" | 195

唤动李登辉的司马辽太郎 | 198

平山郁夫有志未竟成 | 203

民主党政权的混乱引发再度触礁 | 205

秘藏在文物里的价值观 | 208

后记 | 214

附录1 本书主要人物 | 220

附录2 故宫以及中国大陆、台湾、日本之主要大事记 | 224

附录3 参考图书、新闻报道一览表 | 229

简体中文版序

对于日本来说，中国是一个从很多角度讲非常特殊的存在。特别在文化方面，历史上日本从中国学的东西多不胜数。绘画、书法、陶瓷等等所谓的日本传统文化，基本上都是以中国为蓝本，再根据日本人自己的偏好发展而来的。

对于这样的中国，能让现代日本人最感亲切的地方会是哪里呢？不言而喻，正是故宫博物院。

日本人第一次到北京旅游，非去不可的景点就是紫禁城。不但建筑物本身是世界遗产，而且还是有着 180 万件收藏品的巨型博物馆。

紫禁城过去是明清皇宫，英语的 Old Palace，翻译过来正是"故宫"。但每次拜访总是忘情于紫禁城雄伟的建筑，而难以气定神闲地在文物上面多花时间端详揣摩。

2012年1月至2月，东京国立博物馆举办了北京故宫展，过去在日本也曾有过北京故宫的展览，但是这次的"北京故宫200精品"和以往的展览有些不同，这次的展出品的档次与之前不可同日而语。以中国首屈一指的古代绘画《清明上河图》为代表，书画、陶瓷、青铜、漆器、珐琅器、染织品等200件展品中，有一半是中国"国家一级文物"。

我格外要提及的一点是，中国书画的黄金时期——宋元的展出书画有41件，根据东京国立博物馆的导览说明，中国历来严格限制这两个时代的书画到海外的展出，所以一个展览会最多能借出有数的几件，可见此次展览的殊荣。而这次北京故宫的"大手笔"的原因是什么呢？

北京故宫在最近几年，和世界各国的主要美术馆积极缔结友好合作协议，其中可以隐约看见中国政府希望通过加强"故宫"这一品牌的建设，给中国文化的传播开辟疆土的意愿。中国和日本东京国立博物馆在2008年缔结了友好合作协定，这次展出也是以这一协定为基础而得以实现的。

另外，2011年末来日本访问的北京故宫博物院副院长陈丽华女士在记者会上，也表达了对日交流的积极意愿。这次展览能够得以实现，也幸亏她的支持。

她在记者会上表示"本次的展览将会是空前的规模，在中日文化交流史上也将是具有重大意义的举动"。"宋元文化对日本有很大的影响，通过这次展览会，可以进一步宣传中国文化，增进中日两国文化的交流，但愿对大地震后的日本也能起到积极的作用。"

同时，台北故宫也好像不要输给北京故宫似的，将于2014年6月来日本举办展览，其实日本方面曾经有过让台北故宫和北京故宫一起到日本办展的想法，拟称为"两岸共展"。2009年，日本画家平山郁夫主动担纲，热情地向东京国立博物馆、朝日新闻社、NHK电视台等机构发出邀请，希望共同举办这次重大展览。然而非常不幸，在这期间平山先生因病逝世，中国台湾和大陆两方面又都对共同办展表现消极，共同展遂变成了两岸故宫的各自展出。

不过不论如何，故宫对于文化和外交，都有着极其特殊的意义。本书《两个故宫的离合》，采访加上执笔，大概花了五年的时间。这期间给我留下深刻印象的人里面，郑欣淼先生不得不提。我和郑先生见面时值2010年严冬，中国官员在接待外国记者采访的时候，为了避免有什么后续的不良影响，一般来说，对各种提问都是采取极其慎重的、几乎没有什么趣味性可言的回答方式。然而，郑先生的态度却非常坦然，对于北京故宫的现状和两岸故宫的将来，侃侃而谈。

尤其让我记忆犹新的是，他主张应该设立一个"故宫学"的专门学科。他说，故宫不但是收藏品丰富，而且故宫本身就是一个跨学科的大课题，它涵盖了历史、紫禁城壮丽的建筑、文物背后的跌宕故事，还有民族精神。所以，极有必要创立"故宫学"。

他强调说:"把故宫囿于美术领域,是非常可惜的。"这一句话说到我心里去了。我作为一名记者,并非专家,却胆敢执笔写下故宫题材的书籍,理由正如郑先生所说的,我被故宫的多元——文化、艺术、政治、历史、民族精神——所震慑并吸引,产生了要把这个完整的多面的故宫向读者传达的强烈意愿。

郑欣淼先生从推动两岸故宫的交流之时开始,就陆续推出一些著述,2008年出版了比较两个故宫收藏品的《天府永藏》,在后来的一两年内又出版了《紫禁内外》、《故宫与故宫学》等著作。他本人也多次到台湾访问。有一次我到台北圆山大饭店采访他的时候,他见到我,非常高兴地说:"在北京也是你来采访我,到了台北还是你来采访我,而你又是个日本记者,这件事好像也蛮巧啊。"郑先生的笑容也是我故宫记忆中的一环。

在重走战争期间故宫文物迁徙之路的采访过程中,我听到了很多让我难忘的趣闻逸事。不过被我厘清的一件事就是,对于中国人来说,所谓"故宫",不但是指北京和台北。沈阳也有沈阳故宫,那里至今保管着众多的清廷宝物,在本书的正文中也将会提到,一次在香港的拍卖会上出现的翡翠头饰,居然在沈阳故宫找到了和它配对的另外一只。而这两只头饰,据说是在末代皇帝溥仪于政府监视之下,自己用手提包从故宫偷运出来的。真是令人咂舌的戏剧化"身世"。

另外，位于南京的南京博物院，也可以说是又一个"故宫"，因为南京博物院，曾经是北京的文物"南迁"后位于南京的保管所；为躲避日本侵华战争而一度蒙尘于四川等地的文物在1945年"光复"后，回到的依然是南京博物院。蒋介石这个时候不知道有没有未来把文物运回北京的打算。然而如果国共战争的时间拉长，就这样直接在南京成立一个故宫也未可知。

刚到南京，我就听到了一些真真假假的关于南京和北京故宫的口水战故事。围绕着这些故宫文物，有一个未解的谜。北京方面对于被搬到南京的文物有一个严密的记录，南京方面也有一个被运到台湾的文物数量记录，后来从南京运回北京的数量也有记录。这样一来，运到台湾的和运回北京的，加起来就应该等于之前"南迁"的文物数量。可是，这中间却有几百箱的差异。

关于下落不明的这几百箱文物，传言认为，目前依旧被保管在南京博物院。

为了确认，我找到了南京博物院的前任院长梁先生当面询问此事，他说，南京博物院确实留有旧故宫的文物。关于这批文物的处理，北京故宫方面多次要求返还，但南京博物院方面找了很多理由拒绝，最后甚至闹到中央领导那里。

中国的所谓"故宫"，有旧时宫殿的意思，也就是指清朝的宫殿，中华民国政府推翻了清朝，开始了中国的现代化，清朝的宫殿对于新政权来说，象征着旧时代，所以为了和旧时代诀别，新政府设立了故宫博物院，以收藏清朝的文物。

从这个意义上讲，对于当时的中华民国，以及后来的中华人民共和国，故宫都是意义重大的政治资产。象征着中国夺回了失去的那一段时光，正是由于这样的重要性，所以才会有为了躲避日军向西迁徙，蒋介石战败后又往台湾搬迁、南京和北京为文物争执不下的现象吧。

此外，关于故宫和文物的问题，对我而言非常有启发的是，最近几年的"文物回流"事件。2013年6月我从东京来到上海，目的是参观上海的"海外回流美术品拍卖会"。在中国大陆的拍卖会每年有春秋两次，正好和季节的节拍相合。在北京、上海、广州、杭州等大城市有数十、数百的大小拍卖会频繁展开。

在中国的土地和股票都告别飞涨的时代，中国的美术品市场还在持续着它的泡沫，一路增长，可以说是硕果仅存的投资领域之一了。

我花了两天时间，一直在上海的五六个拍卖会所间往返，不管哪个会所都是人满为患，让人真真切切地感受到中国拍卖品热的未艾方兴。在会场里面，年轻女性的翩翩身影尤其引人注目。另外穿着POLO衫、一根接一根地抽烟的男性也到处都是。还有不停刷新报价，一边举牌，一边不停用手机和外部通话的人。

这种拍卖会上人气沸腾的，是从日本回收的中国美术品。因为是"日本货"，所以大受欢迎。

中国的拍卖会也反映了中国人性急的特点，中标的决定时间非常之短。

"八千、八千、有没有接手？"

"一万、一万、有没有？"

"最后一次机会！"

这样说了一次之后，拍卖人就敲锤："是你的，几号？"

然后就立即转到下一个拍卖品上。

成交之多让人惊讶。我所知道的苏富比和佳士得等公司，他们半天的交易量一般是100—200件左右。而中国的拍卖会场，单是看看那个分发的厚厚的商品名录，就知道不止1000件。这1000件就将在这一天的早上10点到下午6点之间被卖掉。大部分拍卖品都会在一分钟之内成交，流标（交易不成功）的大概在三分之一左右。中国的市场规模确实是其他地方无法比拟的。

我还去参加了开设于上海郊外、大众拍卖公司主办的"海外回流品拍卖会"，外国人虽然可以自由参加。但是领取投标需要的中标者序号，必须要提供银联卡。没有银联卡，所以我只好放弃投标。在我仔细查看目录之后，我吃惊地发现，笼统地说是"海外回流"，其实里面数百种都是"日本回流"。

虽然上面也写了具体出手的日本人姓名,但是否真的是这个人出手的很让人怀疑。而且也没有其他材料以资佐证。我询问了该公司的负责人,他表示,有专门收集日本回流品的中间商在协助交易,所以对于出手人的相关背景,拍卖公司并不能真正把握。但是"回流品买到就是赚到"总是没错的,所以专门交易"回流品"的拍卖会才会不断有举办,中标率也非常高。

当然,这种拍卖会里面既有淘来的珍品,也会出现假货。但不管怎么说,日本存在着大量沉睡着的中国美术品的事实没有错。这对我来说,是一件让人感慨良多的事情。本书中也写道,辛亥革命前后的混乱期,中国文物向欧美和日本大量流出,这里面也包含了很多完全够格被故宫收藏的宝物。从这种意义上说,美国、日本、英法等国家丰富的中国美术品收藏,宛然组成了另外一个流动的"故宫"。

从前通过民间的买卖以及通过政府途径的盗窃、掠夺行为而被带出去的宝贝的回流,随着中国国力的增强,这十年来变得异常显著。我在本书中也专门辟了一章,来详述这个问题。

从这个现象也可以推论出的是,故宫问题不但是北京故宫和台北故宫的问题。在中国国内,还和沈阳、南京挂钩,在国外,还和欧美日相关。我展示给读者的,正是这个多棱镜一样的复杂故宫。

拙著的日文版于2011年6月由新潮社出版，现在两年多行将过去，我又为本书的中文版写序。其实当初日文版付梓之时，我就在内心偷偷希冀它有一天能进入中国读者的视野，因为这毕竟是写发生在中华世界中的事。另外，这本书又是关于北京和台北两所故宫的，所以在两岸我都希望有出版的机会。

2012年7月繁体字版由联经出版社出版，现在简体字版终于也可以和读者见面，我内心非常欣喜。繁体字版刊行的时候最意外的是台湾民众对拙著的反响甚巨，在短短的时间内重印数次，媒体的采访超过十家。之前出版方曾经担心外国人写这种书会不会遭冷遇，而结果恰恰相反。

出于我个人的分析，拙著在台湾引起巨大反响的理由，大概是因为我本身是日本人的缘故。通常而言，有关故宫的著述都是以台北故宫为中心，可称得上一种"台湾式的故宫理论"；而大陆方面，应该也有一套"大陆式的故宫理论"，这两套理论在1945年之前大概相去不远，但是1945年之后则各说各的、莫衷一是。

而由我来陈述这个故事，则仿佛出于"第三只眼"，关于北京故宫和台北故宫，哪一个是"真正的故宫"，哪一个收藏最佳，我没有先入为主的观念。只是由于两岸的大型博物馆都用同一个名字，让我感到不可思议，靠着不带政治色彩的新闻记者的好奇心不断收集资料和人们的观点，并集结成书而已。台湾的读者也许对拙著的视角感到新鲜，所以我也寄望大陆的读者能够随手翻翻，看看我这个外国人写的"故宫论"，我将感到不胜荣幸。

2013 年 6 月 25 日

野岛刚

写于东京自宅

序章

什么是故宫？什么是文物？

>> 台北故宫（作者提供）

故宫是一个不可思议的博物馆。

两个名称一模一样的博物馆，同时存在于北京与台北两个地方，双方如果向对方提出商标权诉讼，也非新奇之事。然而"两个故宫"却互不否定彼此的存在，也没有谁高喊"我才是正宗的"。双方默默地使用相同的名号，展示着雷同的中华文明文物，肩负着同样代表"中华"的观光景点名号，不断吸引世界各地的人们。

故宫是收藏与展示中华文明的艺术品、装饰品及图书文献的博物馆。依据2011年5月的数据可以知道，北京故宫博物院（以下称北京故宫）的收藏计有一百八十万件，包括书画、陶瓷器及图书文献等，其中85%是清朝留下的文物。

台北的"故宫博物院"（以下称台北故宫）收藏品比北京

故宫少，只有六十八万件，其中清朝留下的文物超过九成。

两岸故宫基本收藏品的形态相当类似。1925年故宫成立之初它们本就是一个博物馆，这是理所当然之事。1949年故宫的文物运到台湾而造成"两个故宫"的状态，即使过了六十年，两个故宫仍都固守原本的收藏原则，未曾改变。

一言以蔽之，这个收藏原则就是"集合中华文明的精华"。那么，北京故宫和台北故宫，究竟哪个比较好呢？

这个有趣的话题经常在中国文物专家及爱好者之间论战不休。从收藏品的数量和多样性来看，北京故宫胜出，但从质的角度来看，台北故宫略胜一筹。这是一般普遍的看法。

就博物馆的建筑而言，北京故宫的展示场所是明朝、清朝皇帝的居所紫禁城，建筑物本身就被列入世界遗产；而台北故宫就是一般的博物馆建筑，与北京不能相提并论。紫禁城也是北京故宫的展示品之一，从整体的优越性来看，北京故宫自然是当仁不让。有的台北故宫支持者毒舌批评什么："北京故宫不过是个空壳子。"但这么说似乎也有些言过其实。近几年的收藏事业逐渐蓬勃发展，加上考古的新发现，北京故宫的收藏品也充实提升了不少。

我撰写本书的目的，并非要论述故宫的艺术价值，也不会深入探讨收藏品的优越性等问题。我的专长不在于文化、艺术，而在于政治、外交。通过采访的经验，我现在看到某件瓷器就可以猜出它大概是什么年代或哪个窑厂出品的，不过到底还是门外汉。本书将以专业记者的角度与眼光，探讨"两个故宫"存在的原因及各自的发展。

中国和日本是东亚近代史的主角，"两个故宫"可说是这部近代史的产物。日本引发的侵略战争衍生出后续中国内战的结果，因此产生了中国大陆和台湾的两个思维不同的区域，这个区隔造就了"两个故宫"。

本书最大的目的在于试图追溯这一错综复杂的过程，探究现在仍千变万化的故宫背后，究竟串联了什么样的历史情结，潜藏了多少政治领袖的思维判断。我想通过故宫，描绘出政治权力与文化之深层共生结构的样貌。

有关故宫的历史，在中国大陆、台湾及日本等地已有诸多故宫元老及学者写过专著或论文，记述了1925年成立到1949年分裂的过程，相关人士的口述历史及史料，大致也已挖掘得差不多了。

另一方面，对于1965年台北故宫在台复馆的过程、台湾民进党当局对于故宫的改革企图、中国大陆近年大量搜寻并追回文物的热潮，以及2008年台湾国民党重新执政后两岸故宫的密切交流等等，不仅是在日本，在中国大陆和台湾也几乎未有系统的介绍，这些将是本书的重点所在。

然而故宫议题的魅力根源，来自于数次奇迹似的历史转折，我也将在本书中借由史料、相关人士的证词、亲身采访等，用一定篇幅来介绍说明。

二十年前对于台北故宫的不协调印象

2007年至2010年,我在台湾担任报社的特派员。我想从位于台湾的台北故宫开始说起。

首次造访台北故宫是20世纪80年代末期的事情。当时我还是个大学生,参加了台湾方面举办的国际青年交流活动,在两周内走访了台湾各地。当时蒋经国先生已经卧病在床,我在欢迎宴会上曾与李登辉先生握手,犹记得第一印象是"李登辉是个个子很高的人"。受邀参加活动的人,多半是来自与台湾有交往的中南美洲、非洲、南太平洋等国家,我与这些鲜有机会认识的各国年轻人结为朋友。活动行程中听到了不少台湾的政治宣传,那一趟旅程整体来说收获不大。

在那趟不是很有收获的旅程中,我也去了台北故宫,当时对台北故宫留下了深刻的印象。结果事隔二十年,采访台北故宫成为我好奇心的发源地,这倒是我始料未及的事。

台北故宫和市中心有点距离,位于山丘与平原交错的"外双溪"。博物馆背后靠着山,展馆是中国宫殿式的建筑,穿过漫长的入口阶梯,进入博物馆内,第一个感觉是大厅灯光之昏暗令人吃惊。展览室的天花板偏低,有种莫名的压迫感。导览员穿着的制服就像政府机关的公务员,表情动作透露着意兴阑珊。相较于传说中世界极品的展示品,导览员毫无活力的态度反而让我觉得有趣。

还记得导览员所说的一段话："蒋介石先生考虑到故宫文物的安全，因此在山里面盖了故宫。山挖空了做成仓库，就算中共的炮弹打下来，也不会伤到文物。"

他大致是这么说的。当下我心里就有个疑问：拥有这么棒的展示品，为什么不能好好地陈列出来让参观者一饱眼福呢？现在的台北故宫在2007年重新整修后已焕然一新，入口处改为透明屋顶采光，整体变得明亮通透，展览室的气氛和职员的应对态度也大幅改善了。

第一次到台北故宫，所知当然有限，不过后来因为采访而了解到一个重要的事实。我先在这里陈述一下，那就是设立台北故宫的目的，并非像一般博物馆那样，想要给参观者提供启蒙教育，而是为了保管文物而建。或者可以这么说，与其说是博物馆，台北故宫更像一座仓库。台北故宫不像其他世界级的博物馆，它过去并不重视陈列的美观及参观者的需求。现在想起来，这正是我第一次到台北故宫时感到疑惑的原因吧。

重视收藏胜于展示的博物馆，这也是台北故宫的不可思议之处。

蒋介石决定把文物运到台湾

故宫的命运和蒋介石有着密不可分的关系。败给共产党、将故宫文物运到台湾的蒋介石，继续穷其毕生努力及梦想，希望从共产党手中"夺回失去的中国大陆"。故宫的文物终究是要回到中国大陆的，在"反攻大陆"之前，台湾不过是个暂居之所。因此博物馆的保管功能非常重要，展示陈列的程度只要差不多就可以了，蒋介石和他身边的人大概是这么想的。

用于"反攻大陆"的军事费用占去了巨额的预算。台北故宫建于20世纪60年代，那时蒋介石正日日夜夜谋划夺回大陆的战略，倘若国民党"反攻大陆"成功，将共产党逐出大陆，再度成为中国的主人，则故宫的好东西就会全数回到大陆，当时就已决定届时将把复制品留在台湾。

蒋介石败给毛泽东，被逐出中国大陆时，除了人民以外，他把中华民国政府的行政机构、军事组织、两百万人的党政军相关人士及其家人、黄金等全部带到台湾。"因辛亥革命成功而诞生的'中华民国'位于台湾"，蒋介石必须向世界如此宣传。

然而失去中国大陆的人自称是中国的主人，无论是从谁的角度来看，都显得不太真实。此时需要一个让世人接受并理解的象征，而集中国五千年历史文明之大成的故宫文物，正好具有这种意义。

正因如此，蒋介石在与共产党交战挫败、战况最为危急之际，特别安排动员贵重的军舰搬运文物横渡台湾海峡。

在中国历史上，皇室的文物被认为是皇帝的"私人财产"，贵重的艺术品永远和皇帝共存亡。名君唐太宗李世民曾留下这样的传闻：中国历代公认最好的书法作品是王羲之的《兰亭集序》，李世民非常希望能够取得，所以他想尽各种办法找到，而且下令在自己死后也要一起陪葬，只留下《兰亭集序》的真迹仿拓本。皇帝根本不会考虑到"人类的损失"这种问题，皇帝的收藏品，由皇帝来决定它的命运。

蒋介石以政治指导者的身份，决定将文物带离中国大陆，这是过去任何一个皇帝都没做过的事，非常特殊。其后，蒋介石便运用了"文物继承者等同于中国正统统治者"的逻辑。在中国大陆历经"文化大革命"，文物遭到破坏的时期，这个逻辑显得特别具有说服力。

在蒋介石手下担任台北故宫院长的蒋复璁，曾经写过一篇文章，充分阐释了蒋介石搬运文物的政治性意义："中华民族的文化有一个自尧、舜、禹、汤、文、武、周公、孔子数千年历圣相传的道统，有人想在'文化大革命'时将这道统文化连根拔起，但终究失败。愈想破坏中华文化，中华文化愈是发光发热。因为有共产党的'文化大革命'，才有蒋先生的文化复兴运动，蒋先生从国父孙中山继承道统，就是继承孔子的道统。"

所谓道统，就是继承儒学的正统。蒋复璁的这篇文章，与其说继承儒学的教义，倒不如说他强调了长期继承"正统政体"的体系。道统的精神,正是体现在反映天意、追求极致美学的书画、铜器和瓷器上。蒋介石深知故宫文物的政治利用价值,惟对于艺术价值的关注并未留下太多的文字记载。

另一方面,蒋介石的妻子宋美龄,也就是著名的"宋氏三姐妹"的老幺,她钟情故宫的事迹却广为人知。

依据民进党执政时期台北故宫院长杜正胜的说法,2000年政党轮替,他接任院长时才知道,院长办公室的隔壁有个宋美龄的办公室。当时宋美龄已移居美国,在故宫并没有担任任何职务,所以杜正胜立即废止了这个宋美龄办公室。

宋美龄经常移驾到故宫鉴赏文物,也从仓库搬出文物、宝物拿到办公室欣赏。宋美龄特别喜欢翡翠之类的工艺品,也有人谣传她从故宫将文物带出,在丈夫蒋介石死后移居纽约时一并携出。

但是我去故宫采访时,几位故宫干部表示绝不可能发生这样的事情。"不可能的,故宫所有的文物都有编号,把文物从仓库拿出来都有记录,即便是故宫院长或是'总统',也不可能不经规定程序,就把文物带出故宫"。

没有证据,的确口说无凭。但在台湾一党执政的威权体制时代,宋美龄是威权可比皇帝的蒋家成员,又比蒋介石更具传统中华思想,人们多半会觉得,如果是宋美龄做出这样的事情,他们也不会太惊讶。

与中国近代史息息相关的故宫命运

从字面的意思来看，故宫就是"Old Palace"，也就是"古时候的宫殿"。

这个宫殿是中国最后的王朝——清朝的宫殿，现在是指设置中华人民共和国故宫博物院的紫禁城。

紫禁城，以及皇帝书房兼办公室的"离宫"圆明园，都收藏了大量的文物，象征清朝拥有中国历史上最大版图的财力和权力。这些文物是清朝的东西，也是皇帝的私人物品，只有皇帝有权自由把玩。顺便一提，事实上，清朝历代皇帝中最积极用心于收集文物的，当属乾隆皇帝。他对书画古董造诣深厚，本身的书法水平也很高。

北京紫禁城有个乾隆皇帝建造的房间叫"三希堂"，现在外观开放给一般游客参观。2009年2月台北故宫周功鑫院长首度访问北京，我以随行记者的身份一同进去参观。三希堂的空间比想象的小，皇帝的权力至高无上，这个休息场所似乎有点单薄，但是每天在宽阔的大殿接见臣子，也许这较小的私人书房，才是能让乾隆皇帝回到文人身份的舒适空间。

"三希"是指三件稀世珍宝，乾隆皇帝将最喜爱的三件书法装饰在这个房间里。这三件分别是书圣王羲之的《快雪时晴帖》，其子王献之的《中秋帖》，其侄王珣的《伯远帖》。

乾隆皇帝是出了名的工作狂，除了用餐以外，所有时间都用于工作。唯一的休闲是在三希堂欣赏"三希"，这也是文物为皇帝所私有的至高享乐。

乾隆皇帝的子孙、也是清朝最后一位皇帝溥仪，在王朝末期混乱又缺钱的状态下，陆陆续续将祖先留下来的文物拿出去变卖，这也是因为这些文物都是属于皇帝的私人物品，他才可以这样做。

有了溥仪这个渠道，北京的"琉璃厂"等古董市场开始流入"宫廷宝物"，并吸引不少从日本来的鉴定行家。其中出现了山中定次郎（Yamanaka）这号人物，他是个古董商，来到这里大量收购，通过在英美等国开设的"山中商会"分公司，卖到全世界，有着"世界的山中"的称号。

1911到1912年的辛亥革命推翻了清朝，但是文物仍在溥仪手中。在与中华民国临时大总统袁世凯妥协之下，溥仪被允许留在紫禁城内。之后溥仪仍然继续变卖文物，收藏品损失不少。虽然如此，变卖的文物相对于历代收藏的文物数量规模还差得很远，因此在1924年溥仪被逐出故宫、翌年成立故宫博物院的时候，仍有相当数量的文物留在紫禁城。

中华民国政府并不像过去的朝廷一样，将文物视为自己的东西，而是对外公开。中国历史上头一次当局将文物摆在大众面前，开启了故宫的博物馆历史。这是向大众宣传"革命成果"的最佳素材，文物从皇帝的财产，转换成国民的财产。

然而文物并未脱离"权力"的掌控。

1933年日本加紧进攻中国，局势变得紧张，以故宫收藏品为主的文物开始从北京南运，加上外交文书，北京到上海的列车共运出一万九千五百五十七箱。之后为躲避战乱，又从南京被运到湖南、贵州、四川等地，随着国民政府的撤退路线，文物一次次被往西运送。1945年战争结束后，文物在1947年回到设于南京的故宫分院。在这十四年间，这些文物跋涉了一万公里的旅程。

至此，文物休养生息之日尚未来临。国民党和共产党在抗战结束后爆发内战，频频退败的国民党在1948年底至1949年初时，将故宫文物装船，横渡台湾海峡运抵台湾。

故宫文物大搬迁的故事，可说是脱逸了中华民族文物的常轨。如果是日本人，大概就是挖个密道把文物藏起来，或丢掉文物先逃命。但是，当时是中华民国最高权力者希望将文物留在身边。

故宫在1933年离开北京时，中华民国政府发表了以下声明："故宫文物是数千年来的文化结晶，不能减少也不可能增加。倘若国家灭亡，国家仍有希望再次复兴。但是文化灭亡，将无再度恢复的可能。"

这里只写了一半的真话。重视文化只是部分的事实，因为文物背后隐含了超越艺术价值的政治意义，国民党当局才会耗费巨资将文物南运。故宫文物搬迁至台湾也是同样的道理。

究竟这个政治意义是什么，本书将借由检视故宫文物的足迹，尽可能解读其中的内涵。

故宫与其他世界性博物馆的不同之处

前文已说明了故宫是个不可思议的博物馆，从展示品的角度也可以看出这点。

台北故宫自称是"世界四大博物（美术）馆之一"。"四大博物馆"除了台北故宫以外，还有法国的卢浮宫、英国的大英博物馆和美国的大都会博物馆。若再加上俄罗斯的艾尔米塔什（冬宫）博物馆，也有"五大博物馆"的说法。无论怎么说，台北故宫具有亚洲第一博物馆的地位，这评价在世界上是屹立不摇的。

但是如果检视收藏品的内容，我们必须指出，台北故宫与世界其他博物馆有着根本性的差异。

卢浮宫、大英、大都会等博物馆，收藏的文物不仅是西洋的东西，还含括中东、亚洲、非洲等地的文物，绝非浪得"博物"之名，他们多元的收藏值得夸耀。虽说收藏品亦背负了殖民地开拓及侵略的负面历史，但这也无损于博物馆的价值。

另一方面，在台北和北京的故宫会看到一点点欧美的绘画或雕刻，但是几乎看不到中华文物以外的其他亚洲各国的文物，除了一些日本、朝鲜、东南亚等使节赠送或进贡的礼物。这里有的是仅以中华文化为对象的"单一文化"博物馆。

中华二字含有"璀璨世界文明中心"的意味，从各种层面，卓越的中华王朝政治向世界扩散之际，借由礼仪、道义等优良文化来感化蛮夷异族，他们便能成为中华文化的一员。这种华夷思想也是中华文化的基本概念之一。相对来说，也意味着"除了中华文化以外，其他的毫无价值可言"的排外思想，尤其在儒学上，对于华夷之别有着严谨的态度。

中华文化以外的东西是不能放进故宫的，这也蕴藏了中华纯粹血统的思想。奇妙的是，台北故宫的所在地是台湾，却很难在台北故宫看到台湾地方文化的任何片段。在参观者的脑海中，可以闪过创造中华伟大历史的文物、投注心血的艺术家及工艺家，但是跟台湾地方的历史、文化、民众生活等有关的层面，却是造访台北故宫所体会不到的。

清朝末年清廷在甲午战争败给日本，将"化外之地"（意即没有文明教化的地方）的台湾割让给日本。对于认为中原是世界中心、满脑子中华思想的皇帝而言，台湾地方文化没有被放进故宫收藏是理所当然之事，所以台湾和故宫在本质上就有不易联结的命运。

我住在台北期间，注意到多数的台湾民众并未将台北故宫列为"值得夸耀"的对象。当国外来的客人问到"去哪里玩比较好"时，台湾人几乎都会回答："去故宫。"但是当被问到

"觉得故宫怎么样"时，多数人会显露出困惑的表情。很少人会回答"那是台湾的骄傲"，就算是觉得"很棒"，很多台湾人也不是基于喜爱或是骄傲的理由。

纯粹从收藏品的魅力来评价的话，毫无疑问台北故宫是世界顶级的博物馆。因为没有其他地方会集中保管只有皇帝才可以把玩的五千年中华文化的精粹。

谈到政治权力和文化的关系，日本人会想到"三种神器"。琼琼杵尊是日本神话中的开国之神，天照大神曾授予他三种神器：镜、玉、剑。为何这三种神器象征着历代天皇继承皇位呢？那是因为在神话里，拥有这三种神器的人才是真命天子。可以推断的是，在古代日本的草创时期，这个神话里开始出现将"唯我天皇拥有三种神器"当作政治权力的证明。

例如日本南北朝时代是三种神器价值被提升到最高的时期，南朝和北朝两方势力互相争夺三种神器，政治权力愈是不安定，人们愈想追求文化带来的"公信力"。

对于中华民族而言，故宫文物就是"三种神器"。近代中国在动荡中，展开历史上最浩大的文物运送征程，最后还横渡海峡。可见蒋介石之不可能将故宫文物交给毛泽东的决心。

隔一段距离来思考这样的现象就会发现，在中华文明里，文化被定位成有特殊的意义，政治守护了文化。我想正因为有了政治的庇护，所以即使在战乱中，也能发生守护文物的"奇迹"。

变革季节的到来

我最初想要着手写这本书记录故宫的过去与现在,是在2007年到台北工作之前。2008年底正好是文物迁徙到台北故宫"一甲子"(这是中华民族称呼六十年的说法),我因此想要写一点有关故宫的历史。在台北担任特派员期间,正逢故宫改革处于风口浪尖之时,这也算是意想不到的"幸运"。

2008年5月再度发生政党轮替,从民进党变回国民党执政,两岸关系大幅改善,过去各行其是的两个故宫开始靠近。

2009年2月,台北故宫院长周功鑫首次访问北京故宫,我是唯一与周院长同行的日本记者。严冬中的北京寒风刺骨,周院长和北京故宫前院长郑欣淼并肩走在北京故宫的紫禁城。

在那次见面之后,两个故宫交流相当顺畅。原本就是一个故宫,只因为政治权力而分裂成两个,所以本就具有"互补性"。例如,在收藏品方面,台北故宫的强项在于相当完整地收集了宋代书画及陶瓷器上。由于宋朝是中华文明繁盛的顶点,在当时有限的时间及空间的条件下,要把文物搬运到台湾,故宫的专业人员于是把宋代的收藏品作为主要运输对象。

另一方面,共产党革命后成功收集的文物也有加分作用,北京故宫在明清文物质量上取胜。瓷器文化虽在宋代时达到巅峰,但是明代的彩瓷、清代的珐琅彩也是相当出名。考古出土的文物，大半是中国大陆在战后所做出的考古挖掘成果，因此被集中收藏在北京故宫，这方面台北故宫当然付之阙如。

两个故宫，与其说是外形相似的双胞胎，还不如说是一张分裂的地图。因此随着两岸关系的改善，两个故宫的交流也象征了文化领域关系的改善，两边的距离正在急速地拉近中。

故宫日本展的启动

对于政治而言，文化有时是极为有用的工具。尤其像两岸关系，这样政治上敏感的问题是很难互相让步的，先从文化面强调亲近关系，好处不少。

元朝有位书法家黄公望（1269—1354），他是江南地方的汉人，行政能力很强，在地方政府当官，但是当时是蒙古人统治天下，汉人不免怀才不遇。于是他四十岁就辞官，专心书画。在七十九岁时花了三年的时间画出《富春山居图》，后来成为元代的代表性名画。到了明朝末年，《富春山居图》流落到吴姓员外的手中，他交代家人自己死后要像皇帝一样"把画一起烧了"，家人遵照他的遗嘱要烧画时，其中一个家人无来由地觉得"烧了很可惜"，因此在烧了一部分之后，又抢救了一部分回来。

《富春山居图》画卷全长七米，烧了部分后分成两半，分

>> 浙江省博物馆（作者提供）

别流传于世，一半在台北故宫，一半在中国杭州的浙江省博物馆。

2010年3月中旬，中华人民共和国总理温家宝在人民代表大会的记者会上，特别提到了这幅画："我希望两幅画能合成一幅画。"大陆丢出了球，台湾方面则回应："正在规划黄公望的特别画展，希望向大陆借出收藏在浙江省博物馆的另一半画作。"双方你来我往的对话，像是套好招的表演，着实感受到文化在政治上的"效用"。

温家宝的发言产生了效果，2011年6月浙江省博物馆收藏的《富春山居图》运抵台湾，在台北故宫举办了特展。

另一方面，故宫文物的"失散"与"回流"议题，重新浮上台面。

如前所述，清朝末期到中华民国初期设立故宫博物院的数十年间，皇帝的收藏品分散至中国及海外各地。欧美列强的掠夺、溥仪的变卖、朝廷官员的夹带，以及其他各种理由，本来应该"足不出户"的珍宝被带出宫外的，不计其数。对中国来说，被欧美日蹂躏的近代史记忆，加上失去国宝的痛苦经验，都给人们留下了心灵的创伤。

然而，近几年中国经济发展，中国人作为买家陆续在世界各地的拍卖会上买回中国的陶瓷器及绘画等，形成了"回流现象"。在中国政府的斡旋下设立的民间团体，调查了收藏于海外的中华文物，开始向各国政府及博物馆展开谈判并争取归还。从法律层面来看，买卖的商品为善意第三人所持有，这海外的所有者并无归还义务。但如果是被认定为因为战争或掠夺行为而被带走的文物，现在的所有权国必须归还给原来的所有权国。许多国家已签署的联合国教科文组织（UNESCO）的条约里已有相关规定。

中国的归还运动，以拥有丰富中国艺术馆藏的大英博物馆、卢浮宫美术馆、日本的美术馆及博物馆等为对象。在这个问题上，中国政府站在被害者的立场，态度相当坚决，对于中国以外的各国艺术界而言，已感到一种压力。

失散在海外的文物"回流"的社会现象日趋明显。中国将找回文物的一部分纳为故宫的收藏，为强化故宫收藏带来契机。

对日本而言，故宫展览也进入了新时代，台北故宫文物首度到日本展览的可能性开始浮上台面。台北驻日经济文化代表处前代表，也就是台湾的前驻日"大使"冯寄台亲口告诉我："我任期内的最大目标，就是故宫到日本展览。"日本方面对台窗口财团法人"交流协会"前理事长畠中笃，曾在2010年3月时表示，期待故宫的日本展能早日实现。

过去日本不曾举办台北故宫展览，主要原因是来自台湾方面的担心，怕与台湾对立的大陆政府主张对于展示品拥有所有权，展示品会被假处分之名"扣押"下来。

过去曾有"光华寮"的诉讼案件①，因为牵扯到中国大陆和台湾的所有权问题，十分纠葛，最后在日本以法律手段解决。两岸关系改善以来，从现状来判断，中国大陆大概不会对台北故宫的文物采取法律行动。但是由于过去的历史因素，台湾方面采取谨慎的态度，为求万无一失，要求在日本举办故宫展前，日本方面需要先通过《艺术品免遭强制执行、假扣押或假处分》的法案。

到日本展览的计划与已故画家平山郁夫等"大人物"有关，所以民主党及自民党国会议员中的有志之士，准备推动法案。在日本自民党下台后，由于日本民主党内部纷乱不堪，向国会提出法案的时程大幅延宕。最后终于在2011年3月获

---

① 光华寮位于京都市，曾为中国留学生宿舍，1950年台湾当局变卖侵华日军掠夺的物资，用公款购买了该房产，20世纪70年代中国大陆方面主张其应为中国大陆所有，在日本引发一系列诉讼，历时30年。——译者

得参众两院的通过。在日本举办首次的台北故宫展，开始出现了一点可能实现的眉目。

同时，北京故宫的日本展也着手筹备，正在计划2012年在东京国立博物馆举行展览。也有人建议希望两岸合展，但是台湾要求单独举办的立场并未松动。

台北故宫大厅被大陆游客淹没

我在台湾担任特派员期间，造访故宫至少二十次以上。在2010年4月离开台湾前，我特地去故宫"道别"。虽然以后从日本飞三个半小时就可以抵达台湾，但是在台三周年生活告一段落之际，还是很想再看看故宫。而我当时目击的场面，象征了故宫的现状。

淹没大厅的大批大陆游客，围着坐镇大厅的"国父"孙中山铜像，热情地按下相机快门。日本人和其他外国人大概没什么兴趣和孙中山铜像照相，但是在含括中国大陆、台湾的中华世界里，孙中山无疑是最受尊敬人物的第一人选。

大陆游客造访故宫，起因于2008年5月上台的马英九与大陆开始改善关系，取消了原本不准大陆游客访台的严格限制。马政府以每日三千人为上限，同意大陆游客造访长期以来就十分向往、并称之为"宝岛"的台湾。大陆人到台湾最想去的地方之一就是台北故宫。涌入故宫的大陆游客人数已超越了日本人，他们抢购故宫博物院纪念品，台北故宫的收支状况也因此受惠。这是两岸关系改善的效果之一。

台北故宫的建筑物，据传是仿造位于中国南京的孙中山陵寝"中山陵"所建，建筑物的正式名称用孙中山的名讳取为"中山博物院"。正面入口的大门上也写着孙中山的墨宝"天下为公"，落成典礼选在孙中山1965年11月12日的百岁冥诞时举行。

台北故宫的孙中山铜像是委托法国著名雕刻家保罗·兰多夫斯基（Paul Landowski）制作的，巴西里约热内卢的巨大耶稣雕像也是他的作品。民进党当局曾在2004年时进行了台北故宫的整修工程，把孙中山的铜像从正面门厅移走，就放在户外风吹雨打。换作国民党执政之后，立刻修复铜像，2010年起改放在展示馆的正面，孙中山像成功"复活"。

复活的孙中山铜像与聚集在此的大陆游客，说明了政治对于文化的巨大影响。广义来看，政治的庇护对于文化的生存是不可或缺的。因为政治，文化得以振兴；因为政治，文化也可能遭到无法挽回的破坏。

在中国大陆，"文化大革命"破坏了许多艺术和文化。通过否定文化来否定政敌的行为，在世界历史上也非新鲜事。创造文化虽然是个人的艺术行为，但对于文化价值的评价却经常在政治浪潮中摇摆。

台湾在这十年当中，国民党和民进党两大政党在文化的对决上，也展开了激烈竞争。2000年民进党执政后，提出了"故宫改造"计划。这是因为国民党背负着故宫所象征的中华文化，民进党借着改造故宫，试图否定国民党的存在，我将在第一章中介绍这个改造的过程。

本书第二章将回顾辛亥革命前后故宫文物的流出；第三章分别演示日本入侵中国时，故宫文物向南方和西方的运送。第四章则揭秘故宫文物移送台湾的1949年前后的政治背景。第五章回溯两岸分离后兴建台北故宫，并因此诞生两个故宫的背景。第六章将为大家分析散落世界各地的故宫文物"回流"中国的现象。"两个故宫"是世上少有的情形，我将在最后一章预测"两个故宫"的未来。

第一章
民进党未完成的"美梦"——故宫改革

>> 在台北故宫前做瑜伽的人们（作者提供）

台湾大概算是世界上罕见的两党政治发挥功能的地区，台湾2008年的执政党轮替，带来非常巨大的变化。2008年3月的"总统"大选，国民党的马英九获得压倒性的胜利，与民进党候选人谢长廷的差距有两百万票之多。马英九58％的得票率，超越1996年台湾首次领导人直选时，李登辉创下的54％的记录。台湾民众对于做了两任、共计八年的民进党陈水扁当局感到失望，将台湾的未来托付于国民党。

我当记者已有二十年的经历，然而政党轮替后的变化仍让当时的我十分震惊。到昨天还是"敌人"、被当作"威胁对象"的中国大陆，突然之间变成血浓于水的兄弟，亲密关系被大力宣扬，台湾当局将改善与中国大陆的关系当成最优先的事项处理。

下台的官员被关进牢房，这样的例子在许多国家都曾发生。下台不到半年的陈水扁，因为海外不法汇款、洗钱、受贿等嫌疑被逮捕。在民进党执政时期因为采访而熟识的多位重要官员，一一被连坐，接受侦查并被限制出境。陈水扁身边的人被社会视为盗贼，饱受冷眼，本来我用手机可以联系到的民进党官员，突然之间都不接电话了。

发生如此激烈的政党轮替的原因，在于国民党和民进党是不同的两个政党，所有构成政党的要素，无论是成立背景、理念、支持者、性质等，都完全互异。

国民党是个为了打倒清政府而在中国诞生的古老政党，具有强烈的中华认同。以中华主义和孙中山提倡的三民主义为理念。主要的支持者为军人、公务员、企业家、从大陆渡海来台的外省人等。性质上较为保守，现实上精于计算，具有很高的前瞻能力。

另一方面，民进党是个年轻的政党，20世纪80年代在台湾对抗国民党的压制下产生。理念是"台湾独立"或"加强台湾主体性"。在台湾长大的南部本省人为其支持者，性格较为开放，具有活力和理想家的性格，但是政治技巧青涩拙劣。

欧美的两党制度，基本上无论哪一党都拥有引导国家出发的共同目标和方向，但是台湾的两党制却大不相同。在日本，不管是自民党或民主党取得政权，日本作为国家骨架的道理是不变的。但是在台湾，虽然没有流血，但却呈现一种宛如革命的样貌。这就是台湾的政党轮替。

在美国政权转换时，发生政府人才悄悄换人的情形，被称之为"旋转门"现象。台湾并不容易发生旋转门现象，倒是令人觉得整个门都换掉了。

台湾在2000年和2008年两度政党轮替。2000年时从国民党变成民进党执政，2008年时又从民进党变成国民党执政。故宫也在每次轮替时遭到"政治"的大浪冲击。

本章将重点放在2000年民进党执政后展开的故宫改革。有关2008年以后台北故宫发生的变化，我将在最后一章展望故宫的未来时一并讨论。

民进党希望改变故宫定位

故宫的传统定位是"集合中华文化最高艺术品的博物馆"。故宫体现的是中华文化，和中华民族培育中华文化的真知智慧。然而愈是讲究纯粹的中华主义，愈是形成狭隘的自我定义。

取得执政权力的民进党想要推翻这个自我定义。民进党主张："故宫不应只是中华文化的博物馆，而是更应该转变为亚洲文化的博物馆。"民进党并未否定台北故宫的收藏是以中华文化为主体的现状，但它认为台北故宫的收藏长期以来漠视亚洲元素，因此希望加强与亚洲的联结。为了淡化中华色彩，民进党推动重点收集亚洲文物。

完成台湾首度政党轮替的民进党，为何要急于改革世界知名的台北故宫呢？我们试从中华和亚洲这两个概念思考。

中华料理、中华民族、中华街等等，"中华"这个词汇被广泛使用以来，不过是这一百年的事情。相对于中国悠久的历史，不过是小孩的年龄，"中华"只是个稚嫩的词汇。

对世界以及中国的人民最早提出"中华"一词的，是中国革命之父孙中山。孙中山为对抗西欧列强侵略中国，运用"中华"的概念，将实际是多民族的中国人，整合成一个新国家的基础。所谓中华民族的人或民族，其实原本并不存在，这是为了定义革命所诞生的新共同体，而创造出来的政治概念。

还有一个词汇叫"华夏"，故宫的说明里出现"集合中华文明的精粹"的说法，我在本书也这样采用，故宫自己对外宣称时，也经常用"中华"。但是在故宫相关人士之间的对话、会议发言、学术论文中，如果不用"华夏文化"一词，这个人多半会被认定为不够专业。

对于日本人来说，"华夏"不是个惯用的词汇。在古代中国，华和夏是指居住在"中原"一带（现在的河南省洛阳）的居民。文献上亦称"诸夏"、"诸华"。中国汉族当时被周边的异族（称为"夷"）包围，感受到威胁。为了有别于"夷"，把自己定位为"夏"或"华"，这就是所谓"华夷思想"的开始。

基于这样的思考方式，在中国拥有最为纯粹、高等文化与传统的人们，就称为"华夏"。严格来说，故宫的文物并非属于包容异族的"中华"文化,而是定位于位居世界中心的中国,而且又是中国之中被认定为最为核心的"华夏"文化,这是故宫传统的思考方式。

反过来说,"中华"的概念比"华夏"来得广。它指代臣服于汉族的文化,或接受其影响的人或国家之所在区域,具体而言,就是以中国黄河或长江下游为中心,以同心圆画出的范围,含括蒙古、新疆、西藏等边陲地区。而朝鲜半岛和越南等朝贡国,就位于中华与非中华间的灰色模糊地带。

与此相关,也有一说提到公元前5世纪,希腊为了表现"东方区域"的概念,而创造出亚洲这个词。在今天,亚洲则指俄罗斯的乌拉山脉以东,中东的土耳其以东,南到印度尼西亚,东从日本向北划至俄罗斯的东边。亚洲包括四十七个国家和四十一亿人口,是世界最大的地理区域,中国当然也被涵盖其中。

然而在传统的中国社会里,人们并不认为自己是"亚洲的一部分"。故宫背后的中华文明概念里,世界不是平的,而是像一座山的形状,顶端是华夏文化,拿富士山比喻就是长年积雪的山顶。其他的中华文化就在山顶之下,亚洲应该相当于山麓下吧。中华并非亚洲的一部分,用二分法划分中华和中华以外的世界的话,亚洲就属于"另一边"。日本人会自我定位于"我是日本人,也是亚洲人",这样的想法相当普遍,但是中国人即使到现在,持"我不是亚洲人"想法者,或不在少数。

民进党希望借着颠覆这种"故宫＝中华"的概念,可以向海内外宣传,象征着民进党当局带来的变化已经展开。因为民进党的对手国民党,就是中国革命之父孙中山以"中华"概念为基础所建立的政党。对于国民党而言,"中华"是不可分割的肉体的一部分。将"中华"的色彩从故宫抹去,就是让民进党形成脱离国民党的新政治。

1949年迁移到台湾的国民党,施行了战后世界最长的四十年戒严,通过镇压民众的"白色恐怖",建立了一党专政。之前还有1947年2月28日发生的民众暴动"二二八事件",据传有两万人遭到杀害,因此有人认为这一来自中国大陆的政权,压抑了台湾本土的民众。

另一方面,在极度安定的政治环境中,产业积极投资,在20世纪80年代,台湾被称为亚洲"四小龙"之一,经济高度增长。同一时期,民众追求政治自由化的需求急速上升,民进党势力日渐扩大,终于在2000年时从国民党手中夺下执政权力。

民进党是根深蒂固地追求"台湾独立"的,党纲明言"台湾主权不及于中国大陆",大陆和台湾是"个别的存在",这是该党的基本理念。这是一个希望尽量接近"台湾＝非中华"的集团,哪怕一步都好。因此民进党从在野党时代起,气氛上就一直对于故宫"有意见"。

民进党取得执政权的十年前,大约是1990年时,也曾在"立法院"提出质疑，从中也可发现有这样的特点。"台湾文物不在故宫的收藏范围内吗？"民进党"立法委员"陈光复提出此质询，要求当局对台湾文物不能被纳入台北故宫作出解释。

当时国民党底下的台北故宫院长秦孝仪淡淡地回答："台湾本土文物是'中央研究院'的职责范围，不是故宫的。"

这等于断言对于以中华文物为中心的故宫来说，位于边陲地带的台湾文物没有收藏价值。对于台湾本土意识浓厚、希望将政治体制改变为"台湾不是中国一部分"的民进党而言，这是不能容忍的主张，无法兼容的鸿沟就这样横跨在民进党与故宫之间。

表现"改革"精神的电影

2008年冬天，我正在进行采访故宫的工作时，刚好看到了《经过》（2004年制作）这部电影。我喜欢华文圈的电影，特别是住在台湾期间，几乎看遍了台湾这十年的主要电影，却不知道这部电影。《经过》虽然参加过海外影展，但是在台湾的票房并不理想。

台北的繁华大街中山北路上有个"台北光点"，设有电影院和咖啡厅，我在那里见了歌手一青窈。她的父亲是台湾人，母亲是日本人，是个混血儿。她是战前台湾四大家族之一颜家的子孙。姐姐一青妙是演员，这家人十分重视家族血统。我采访这对姐妹在台湾和日本的生活情形，准备在报纸连载报导。

采访空当，我走进咖啡厅隔壁的唱片店，偶然发现《经过》的DVD，电影的女主角如果不是新锐女演员桂纶镁的话，我大概就不会注意到。而这部电影正好就是说明民进党意欲进行"故宫改造"的绝佳教材。

《经过》的故事以桂纶镁饰演的女主角、台北故宫的女性研究员为线索展开。女主角小时候，曾经听过长辈说起他们如何和故宫文物一起从大陆到台湾，与故宫文物一路长途跋涉，因而对故宫存有向往，并走上研究员这条路。她满心期待能够进到故宫后山里的文物仓库。

然而，保管贵重文物的仓库，出入被严格限制，年轻的研究员是没有机会进去的。另一方面，她与一位接受故宫委托、撰写故宫历史的文字工作者互有好感，关系却无法更进一步。这位文字工作者也正遇到写作瓶颈，写稿并不顺利。

此时故事情节又出现一位日本男性，因为在日本经商失败到台湾旅行散心，偶然间来到故宫。电影描写了三人怀抱着各自的烦恼或问题时的焦急烦躁。最后，借由了解苏轼名作《寒食帖》上的古诗，他们找到了解决的出路。

《经过》是由台北故宫出资制作的电影，连内部人员都很难进去的文物仓库，也让摄影机进去拍摄了，听说是故宫全力协助的结果。也许是包含了民进党希望宣传其故宫政策的意愿吧？故事情节发展有些唐突，电影也不算很有深度，但是通过那位文字工作者的文章，向观众传达了故宫的"新定义"。这对我而言，也有重大意义。

电影一开始，计算机画面上显示着文字工作者的自问自答："故宫为什么会来到这南方之岛呢？"电影结束时，为写作瓶颈而苦恼，到最后终于找到结论的文字工作者，再度在计算机画面上打出以下的字句："在这里，有一座建在山里的博物馆，原来在这个岛上应该只是暂时'经过'而已，但是命运却让博物馆留在这块土地上。"

这句话被放大在银幕上，接着电影便结束了。

故宫只是暂时被放在台湾。当"反攻大陆"成功的那一天，就应该回到中国大陆。然而，"反攻大陆"梦碎，故宫被留在台湾这个南方岛屿上。这是故宫的命运，无法改变。故宫应该接受这个命运，将自己改造成在台湾生根的博物馆。

从该文字工作者的文章中，可以解读出这样的讯息。

陈水扁起用的院长

为了达成改造故宫的目标，陈水扁取得执政权后任用的故宫院长，就是出身台湾南部城市高雄的历史学家杜正胜。他专门研究中国古代社会史，担任过台湾最高研究机关"中央研究院"历史语言研究所所长,也曾为李登辉撰写演讲稿,具有强烈的"台湾主体意识"。

杜正胜担任故宫院长一职直到2004年,在陈水扁的第二任时转任"教育部长",在民进党失去执政权之后,他又到台湾大学任教。

2008年秋天,我向他提出采访申请,刚开始他没什么意愿,给我的回复是"请你自己看书"。杜正胜把他担任院长的体验,写成《艺术殿堂内外》一书,在台湾出版。

虽然他说"自己在故宫所做的事情都写在书里",但身为记者,还是想见到本人。我锲而不舍地反复争取了几个月,最后他终于同意在大学的研究室见我。

杜正胜开口就说:"每一位故宫院长都会有他的想法,基本上也应该尊重他们的想法和做法。政党轮替后,国民党再度兴起,作为一个观众,我不愿意以我过去的想法来批评国民党。对于接替我工作的人,我不能说他不好。"

我听到这番话,当下的感觉是,"不能说不好"的原因是"想说他不好"。

"杜先生,我来与您见面,目的不是为了要您批评马英九先

>> 杜正胜(由联合报知识库提供)

生的故宫政策。而是想正确理解民进党的故宫改造工作,希望留下记录。"

杜正胜继续说着:"国民党新任院长的新措施,我也多少听到一些。但是每个政党、每个院长都有他自己的做法。这是我的基本态度。因此我不太愿意接受访问。好像是以一个过来人的身份来批评,我不愿意让人家产生这种感觉。"

我回答说:"这是当然的,所以今天的采访不是要批评现在的当局,而是希望听您说说过去担任院长期间的故事。"

在这样的周旋之后,开始访谈。其实在台湾当记者,觉得很感恩的是台湾人坦率的性格,杜正胜虽然起初显得不太高兴,但是开始提问之后,就变得滔滔不绝。杜正胜在担任"教育部长"时期,好几次都因为"发言不当"惹起风波。

杜正胜在访谈中细数过去国民党如何把故宫当作政治的利用工具:"国民党统治时期,他们的目标是要回到中国大陆,包括故宫在内,用临时的态度面对所有的一切。但是,过了一阵子知道不可能'反攻大陆',他们便对台湾民众灌输'中华文化很伟大,你必须崇拜它'的概念,以强硬的态度要台湾人感谢故宫的文物。对于外国人则是主张,伟大的中华文化中,最璀璨的文物在台北,不在北京。因而主张'中华民国'是中国的正统政体,大陆政权不是正统。"

所以杜正胜处理故宫改革的第一步就是"去政治"。

"台北故宫的政治性比世界上任何的博物馆都强,"杜正胜开头就说,"故宫和国家的命运同步,从1925年成立以来,故宫文物片刻都不得休息。从北京,到上海、南京、重庆,再到南京,之后是台中、台北。将文物赋予民族主义象征的性格,同时代表了国家的命运和正统性。这是一种宿命。想将故宫完全去除政治性几乎是不可能的,但是我还是尽可能希望减少故宫的政治性,艺术和政治还是应该有一线之隔。"

杜正胜就任后,逐步采取行动。首先是——除去与国民党政治体制相关的东西,包括各楼层展示的孙中山或蒋介石铜像、蒋介石或宋美龄的亲笔油画等。原来挂在台北故宫正面大厅的蒋介石画像,也在2001年2月被取下。

这张画像还标注着"在日本军阀侵略战争中,保护故宫文物免于战火"、"运至台湾,免遭'文化大革命'的破坏"等字句,画像象征了蒋介石与故宫之间的关系。杜正胜说明:"世界大型的博物馆中,很少有政治家的画像。我想把故宫变回一般的博物馆。"杜正胜这一行动,在民进党内得到掌声。

接下来是改变台北故宫制度上的定位。故宫是隶属于"行政院"的独立机关,院长也是"阁员"之一。故宫院长身为"阁员",负有政治责任,"行政院长"总辞时,原则上必须一起辞职。

但杜正胜倡议:博物馆是学术机构,隶属于"行政院"并不正确。应该像台湾的最高研究机关"中央研究院"一样,改为直属于"总统府"的独立机关,院长也可以去除政治责任的负荷。但是这个构想没能实现。

对于杜正胜而言，故宫是一个需要诸多改革的博物馆，因此提出了"台湾化"、"多元化"、"亚洲化"、"国际化"等数个目标。"台湾化"的意思是，故宫文物在1925年从清朝移给中华民国，迄今已经过了四分之三个世纪，来到台湾也已经六十年以上，台湾也可说是故宫的故乡，应该加强收集代表台湾历史文化的收藏品。

文化通常与周围的文化有关，互相影响，不会单一存在。因为中华文化也是亚洲文化的一部分，它的形成是通过不断与周边的中东部分丝绸之路、朝鲜半岛、日本、东南亚文化相互交流而得来的。如此一来，故宫必须自我意识到中华是位于亚洲、故宫是位于亚洲的。这就是"亚洲化"与"多元化"。

关于尝试故宫多元化的理由，杜正胜是这么说的："多元化的观念，主要是希望把故宫放在现在的世界体系里来看。相较于英国、法国、美国几个过去有帝国传统的世界性博物馆，故宫的收藏品是比较单一文化性质的。中国当然也是个帝国，但一向对于了解其他文化的动力比较弱，甚至连基本的好奇心也没有。到清朝的康熙及乾隆皇帝，中国已经是名副其实的大帝国，故宫的收藏品也在这个时期完成，照理说，收藏品应该具有多元性，但是我们看到故宫的收藏品基本上仍以中华文化为主体。台北故宫的收藏品在历经中日战争、国共内战的搬迁时，由于挑选者主观意识的影响，中华文化要素更加浓厚,因此故宫文物的单一性更强。加上以前主持故宫的人,将故宫认定为中华文物的代表,以中华文物作为最文明、最优秀的象征。也许是想要从中振奋民族意识,但有时对于文化的定义,会产生解释上的错误。"

所谓"国际化"是指在博物馆不应特定区分国籍或民族,而应对于国际的各种文化都保持接纳的基本态度。为了实践这样的理念,杜正胜在院长任期内曾举办日本传统工艺"莳绘"特展、"蒙元特展"等,这是过去故宫不曾尝试的展览主题。

此外,杜正胜也从"外"为故宫注入新血液。彭楷栋是一位在日本居住的台湾人(日本名为新田栋一),他在日本经商成功,拥有世界级的金铜佛像收藏。

彭楷栋的收藏多元而广泛,从阿富汗、巴基斯坦,到东南亚、中国汉文化地区、中国西藏地区、日本、朝鲜半岛、蒙古等各地的都有。杜正胜说:"故宫有很多宋代、明代的书画,但是佛像很少。彭楷栋的收藏正是故宫所缺少的。"不过在杜正胜在任期间,彭楷栋将这些收藏捐赠给台北故宫。

总结杜正胜的理念来说,他不认为"故宫=中华",而是主张故宫应该以其所在地的台湾为中心,与亚洲及世界联结交织,收藏好的艺术品。

如果纯粹把这段话当作某种主义或主张,会感受到这是认真的论述。但是对于故宫而言,这是很偏激的想法,也察觉到这种角度是和纯粹中华观点相对立而产生的。

如前所述，中华思想是以中国的中原（华夏）为中心，从这里开始画同心圆。离中原愈远，就渐渐愈变得"不中华"。但究竟是不是中华，端看其是否接受中华文化的影响来判断。即使不是汉族，只要正确理解中华文化就是中华的一分子。其他的就是夷，夷带有野蛮的意思，华夷思想这个词汇就是区隔中华和非中华的想法及说法。

正由于故宫背负着绝对性的中华及中原思想，因此蒋介石要在距离中原很远的台湾生存，便只能借由强调故宫文物的所有权，才得以主张自己是中国的正统。

"华夷思想"影响下的孤岛

过去这个因中华主义及华夷思想被轻忽的土地，就是台湾。

清廷在甲午战争中战败，除了赔偿巨额款项外，还割让台湾给日本。进行条约谈判时，清廷视台湾为"化外之地"，把它交给日本也可以忍受。所谓"化外之地"是指没有文化的土地，也就是不能称得上是中华世界的一部分的地方。事实上，当时清朝在台湾设有行政机关，台湾在清朝的统治范围之内。但是，对于清朝而言，台湾是边陲，情急之下不惜割与日本。台湾被认为是介于华夷之间的夹缝，这主观的判断来自于文化的有无。

"文化"这个词汇在中文的用法上，意义深远。中文里的"他没有文化"，是一句侮辱人的话。对于从一流大学毕业的人，大家会评价他"文化素质非常高"。从这些用语可知，文化在中国社会里是一个判断人有没有价值的重要标准。

台湾因为"没有被包括在中华文化圈"，而被清政府抛弃，这对于台湾人来说是个根深蒂固的创伤，也成为民进党"台独"意识及"反大陆"意识的动机来源，可说是集体的创伤。

杜正胜一连串的故宫"台湾化"改革，某种意义上可理解为对于长时间抛弃台湾的"中华"所进行的"复仇"。和杜正胜的访谈进行了三个小时，我也曾问过他对"复仇"的看法，杜正胜说："不对，不是这么狭隘的想法。"他很认真地否定。但是他也没忘记附加了以下这段话："所有的事情都想用中华来说明，就会变得很奇怪，这也是一个事实。例如在我就任前的2000年春天，故宫举办了从四川三星堆遗址出土的青铜器文化展。三千年前的三星堆遗址，基本上与中华的殷商王朝文化是隔绝的，在文化上属于不同的系统。但是故宫的海报上写着'华夏古文明的探索'，将三星堆算成中华民族的荣耀。这就是以中华一元博物馆为前提，做出不符史实的文化解释，这种误导过去在故宫经常发生。"

"乾隆皇帝时期与海外接触频繁，郎世宁的作品就是很好的例子，他的画不能说是中国传统文化，只能说是中西美术传统的结合。我们通过展览，强调这个'非中华'的部分，对于收藏品的解释和角度，不会像以前那样明明有非中华文化的部分，但硬要讲成中华文化。"

杜正胜就任故宫院长后，要求职员具有"改革意识"。他上台后不久就写公开信给全体职员道："故宫或许可以说是伟大的博物馆，但'故宫是世界级的博物馆'这样的想法，大家放在心里就好，不必对外说出来。各位都是专家，也去过世界各地的博物馆，对于我们自己的实际状态，应该可以十分冷静、客观地进行评价。"

杜正胜迫使故宫职员承认故宫不具世界水平。对于故宫人而言，这是要求他们进行颠覆性的意识改革。因为1925年北京的故宫博物院诞生以来，"故宫是世界顶级的博物馆，是中华民族的瑰宝，是中国正统的代表，是中国的骄傲"等等想法，一直是烙印在故宫人的心底的。

杜正胜更在这封信中提到："应该检讨亚洲大陆文化发展下的中华民族文化，从这个观点来看，现在博物馆界中并无单一民族博物馆的存在。"

在专访中，杜正胜也对故宫的"狭隘"提出质疑："故宫的收藏呈现了中华文化最精致的一面，这是没有错，但是没有办法全面性代表中华文化，它算是中华文化的顶端。过去故宫的院长那么肯定中华文化的伟大，无形中把自己博物馆的地位抬到非常高。我的态度是从世界博物馆的角度来看，台北故宫的收藏有很好的精品，不过和其他世界著名的博物馆相较之下，不论从收藏品的数量还是多元性来讲，都很难说是世界最好的博物馆。它只是集合了一部分中华优良文化的博物馆。"

如此激进的态度，引发职员的强烈反弹和质疑。有一位当时听过杜正胜演讲的女性职员对我说："改朝换代，就变成这样吗？真令人泄气。"

此时的杜正胜不仅是位学者，他还是故宫的头号人物。这样的发言来自首长，否定了长期以来为大家笃信的故宫的存在意义，因此他丢下的不只是一块小石头，其所引起的余波荡漾，呈现了多样的状况。

在院长交接前的2000年4月27日，杜正胜和前任院长秦孝仪，为了业务交接的事情见面。秦孝仪向来是主张"故宫只收集华夏文化的精髓，是单一民族和单一文化的博物馆"的人物。

杜正胜说出了自己的抱负，是建立一个"以多元世界水平为目标的博物馆"，秦孝仪对此表示："多元化也许是世界博物馆的趋势，但一元的故宫以一元的华夏文化为特征，这是值得骄傲之处，不应视为弱点或负债。"他正面回应了杜正胜。本来应该是礼貌性的会谈，结果变成针锋相对的激辩。

2001年2月4日在台北有一场研讨会，专门讨论博物馆的定位。参加分组讨论的在野党国民党"立法委员"陈学圣说："故宫因为中华文化的文物，而聚集了国际的人气。要涵盖台湾的文物，在经营博物馆上是不太可能的。"希望当时在场的杜正胜，沿袭过去中华文化的路线。此外，本来应该与杜正胜站在同一边的执政党民进党"立法委员"林浊水也对于杜正胜急切的行动，提出规劝说："想要拿台湾文化与中原文化对抗的气概很好，但是要台湾文化追上中原文化，是不是要花上一百年，甚至一千年呢？"

然而，民进党指挥部已经下令加速实现政党的最大目标，即在台湾政治上"去中国化"，它打出故宫改造的王牌——兴建"故宫南院"，这也是台北故宫的第一个分院。

被钉在南部的"改革"之钥——"故宫南院"

2001年，陈水扁当局公布了在台湾南部的嘉义县设立故宫分院的构想，称为"故宫南院"，这是台北故宫的第一个分院。过去在只有一个北京故宫博物院的时代，曾在南京设立过分院。

选定嘉义为设立地点，无疑飘散着政治气味。嘉义是个与日本渊源深厚的地方，台湾被日本殖民时期，来自台湾的嘉义农林队曾经参加日本中学棒球联赛（就是现在的"甲子园大赛"），当时表现得十分出色，很多日本人都知道这支队伍。此外，嘉义位于台湾著名观光景点阿里山的登山口，这里也是阿里山森林铁路的起点，这条森林铁路拥有许多日本粉丝。

嘉义除了农业和林业以外，没有什么其他产业，人口也只有五十万人左右。在此地兴建一个代表台湾的博物馆，不能否认是有种不相称的印象。但是，嘉义是执政党民进党的重要票仓，当时的嘉义县县长陈明文也是民进党内的实力派人物。

陈明文本来是国民党的地方政治人物，后来倒戈加入民进党。相较于民进党中多是具有理想性格、擅长组织运动的人士，陈明文属于花言巧语型的政治人物，2009年卸任县长之后，他又在嘉义地区下一年的"立委"补选中当选。他不选择通往"总统"、"行政院长"的政治之路，而是顽强地留在地方，目的是保持政治实力。

我到台湾就任特派员以后，曾到各县市政府巡回拜访，也曾与陈明文在县长办公室见面。令我惊讶的是，就在我离

>> 故宫南院的选址（作者提供）

开县长办公室的几个小时后，台湾的通讯社便发出《陈明文县长与朝日新闻谈话》的新闻稿。顺势宣传自己是外国媒体瞩目的人物，真是精于现实算计。许多相关人士认为，能成功引进故宫南院，是由于陈明文为了振兴地方、发挥影响力，对陈水扁下了工夫。

>> 故宫南院发展愿景图（作者提供）

从日本占领时期以来，这里就是一眼望去净是甘蔗田的土地，在这片广大的土地上，忽然轰隆隆地响起打地基的声音。周围除了工地办公室外，没有任何建筑物。老实说，我脑袋里闪过一个念头："在这种地方盖博物馆是要干什么呢？"

我拜访这个由陈水扁当局首先提出要兴建的台北故宫分院的预定地，是在 2009 年。按民进党本来的计划在这个时候"南院"应该已经建成开放了，但工程进度大幅落后，我去拜访的时候，工人们还在打地基。

计划是在台北故宫面积四倍大的七十公顷土地上，投入七十一亿元新台币的预算，委托美国著名建筑师普理达克（Antoine Predock）设计。2005 年开工，2008 年开放参观。

故宫本院是"中华文化的博物馆"，故宫南院则被明确定位为"亚洲文化博物馆"。继杜正胜之后，2004 年就任故宫院长的石守谦,对于故宫南院的未来样貌,大致是这样构想的:"故宫南院一开始需要两千五百件文物,将从故宫本院收藏的文物中挑选一千五百至两千件与亚洲相关的文物移过去,另外将使用五亿元新台币的经费,向海内外的收藏家购买。博物馆内将设五个主题的展览室,包括佛像、彩陶、西藏地区文化、茶文化等。展品不只是中国汉文化,还将广泛涵括东南亚、日本、韩国、南亚等文化。从中国国内收集而来的原有收藏品,加上亚洲各地新收集的收藏品,形成中华与亚洲的组合,体现出故宫在中华及亚洲方面的连续性。"

故宫打出的方针是,在本来的收藏和新购置品之外,不足的部分与欧美拥有丰富亚洲文化典藏的博物馆或美术馆合作。把台北故宫尚有余裕的中国美术收藏品借出,与欧美的亚洲美术品交换展出,这样既不需成本,又能丰富展示品。

然而故宫南院的设立,除了故宫的"亚洲化"之外,尚有其他目的。过去台湾的文化行政重点一直以台北等北部地区为中心,民进党希望将其转移到民进党的南部地盘。

故宫有三件超有人气的收藏品,称为"三宝"。第一宝是说到台北故宫任谁都会想到的"翠玉白菜"。这是模仿白菜的玉雕杰作,白色的菜身上有翠绿的叶子,还雕有螽斯和蝗虫。作品主题一目了然,因此备受欢迎。

第二宝是"肉形石"。这块"东坡肉"是使用玛瑙类矿物加工琢磨而成,呈现出瘦肉、肥油、肉皮三层层次分明的质感，看到的人都觉得兴趣盎然。

最后是《清明上河图》。前两件作品与其说是艺术价值高，不如说是主题浅显易懂，因此能聚集参观者的人气。而《清明上河图》则是真正中华文化的历史杰作。作者是北宋的画家张择端，该图描绘了北宋京城汴京（现在的河南开封）在清明时节的城市生活。画中共有一千六百四十三人，个个动作姿态不同，刻画得维妙维肖，是中国历代绘画中的佳作之一。原作在北京故宫，台北故宫的《清院本清明上河图》是清代宫廷画家所画。

民进党当局首度将这"故宫三宝"带出台北故宫。2003年在南部高雄举办故宫三宝展览——"璀璨东方"。当时的故宫院长杜正胜曾说，在南部举办展览是要"改正台湾文化资源南北分配不均"的缺陷。

台北是台湾的首府，台湾的主要行政设施、博物馆、美术馆大都集中在台北。南部对于国民党的"台北优先"经常表示不满。形成了所谓台湾的"南北差距"问题，在国民党支持者集中于北部、民进党支持者集中于南部的政治结构背景下，民进党想要打破文化面的南北差距，也因此决定将"故宫三宝"带到南部展览。

民进党的主张是希望让故宫文物亲近台湾人民，对此我也有部分同感。我发现台湾人向外国人介绍台湾景点时，一定会提到故宫。但是他本人却对故宫没兴趣，也缺乏相关知识。简单说，台湾人认为故宫是个骄傲，但是未必都喜爱它。

当我提到这个观点时，原来一直板着脸的杜正胜这时突然笑了。"你的观察很敏锐，可以抓到人民内在的思考。这个问题应该是很重要的问题，但是大家多少都在回避，不愿意直接面对。"

杜正胜说："国民党统治时期一切都是暂时的，故宫的文物也是都要回到大陆。当他们发现'反攻大陆'不可行时，采取的方法就是告诉民众这是中华文化很伟大的地方，代表我们国民党是'正统'，在北京看不到，你们要崇拜、认同。

"这样的态度真的能让人认同故宫吗？因此我们要推动的是让故宫走入人群，故宫要开门迎接台湾的观众，甚至'故宫要走出去'，要台湾人发自内心地对故宫感到骄傲。"

第三位院长是女性

2004年5月第二任的陈水扁任期开始，杜正胜转任"教育部长"，原本在杜正胜旗下担任副院长的石守谦，成为民进党执政时期的第二任故宫院长。

石守谦1951年出生于台湾，曾在台湾大学美术史研究所担任所长，专攻美术史。与个性外向、发言经常惹祸的杜正胜相比，石守谦给人温厚的印象，属于谨言慎行的学者类型。

我几次申请采访都被石守谦拒绝，石守谦下台后，因为故宫改建贪污事件嫌疑而被逮捕，审判正在进行，故而对外的发言更加谨慎。石守谦曾在各地发言中，提到过故宫的数字化和国际交流，但是有关民进党的故宫改革，却没有留下任何的书面数据或发言记录，由此推断，可能他与第一任院长杜正胜对于故宫改革的立场不同。

他曾以美术史学家的身份，写过一篇论文《从皇帝的收藏到国宝》，是他在2002年受邀到日本参加研讨会时发表的文章。内容论述了曾是清朝皇帝收藏品的故宫文物，从为躲避战乱在中国各地流浪，到最后获得国宝的地位，经历了堪称奇迹的颠沛流离，已经可以晋升为"神格化"了。他以美术史学家的流畅笔调，描写出故宫历史与权力的关系。

石守谦对于故宫的了解程度之深，可从这篇论文探知。不过，石守谦还是谨守美术史学家的专业立场，在论文中看不到像杜正胜那样尖锐的政治主张。反过来说，从陈水扁的角度来看，要担任民进党的故宫改革者，可能是力有未逮。

石守谦两年后下台，接下来的两年是原来担任副院长的林曼丽，她在2006年就任，是第一位女性院长。林曼丽是陈水扁进行故宫改革的王牌，老早以前就被

>> 林曼丽（作者提供）

相中要她担任院长。

林曼丽会说流利的日文，她在台湾师范大学美术专业毕业后，1980年赴东京大学留学十年，在日本拿到硕士和博士，回到台湾在大学担任教职，也曾发表自创的现代艺术作品。

就故宫院长发挥的影响力而言，也许较杜正胜略胜一筹。她是女性，专攻现代艺术，出身台南（与陈水扁相同），大家都知道她与陈水扁立场非常接近。林曼丽也以"陈水扁的私人文化顾问"自居。

陈水扁担任台北市长期间，挖来当时是研究人员的林曼丽来负责文化行政，因此两人关系深厚。1996年，陈水扁起用林曼丽担任台北美术馆馆长。那时林曼丽以东京艺术大学客座教授的身份住在日本，回到台北的大学没多久。"我等你回来，希望你能让台北市立美术馆重生，把台北变成美术都市。"陈水扁说服了她，于是林曼丽先向大学申请停职。

林曼丽对于欧美日的艺术潮流相当熟悉，积极引进海外重要美术馆合作办展，因而过去办展览不常受瞩目的台北市立美术馆一时间变得完全不同，充满朝气。

林曼丽在台北市立美术馆主办"台北国际双年展"，邀请海外的艺术家、挑选展出的作品，还起用了日本艺术家南条史生担任策展人。中国大陆的爆破艺术家蔡国强也曾受邀展示绚丽的表演作品，她导入的这些特殊罕见的例子都成为话题。

然而拔擢林曼丽的陈水扁在1998年台北市长选举中败给

马英九，市长变成马英九后，原来顺利推动业务的林曼丽，卷入了政治风暴。

围绕文化行政的主导权拉开女人的战争

马英九在台北市政府新设"文化局"，首任局长是著名畅销书女作家龙应台。龙应台和马英九一样，父辈都是1949年以后从中国大陆到台湾的外省人。

林曼丽和龙应台都是台湾具代表性的女性文化人，林曼丽是1954年生，龙应台是1952年生，年龄上也十分相近。组织体制上，文化局长龙应台是台北市立美术馆馆长林曼丽的上司，但是两个人都是不服输的个性，自此展开了"女人的战争"。

陈水扁在台北市长选举败选后，在2000年春天的"总统"大选选战上，打败国民党候选人连战。陈水扁计划在台北市立美术馆举办就职宴，他向过去的老部下林曼丽提出这个构想。

根据林曼丽的说法，战火是在化妆室引爆的。当时台北市议会正在开议，林曼丽在休息时间偶然与龙应台在市议会的女厕相遇，林曼丽告诉龙应台有关陈水扁就职宴的计划。当场龙应台回答"没问题"，但是表情僵硬。

当天晚上，龙应台打电话到林曼丽的家里时，她已改变想法,龙应台说:"政治应该和文化分开,在那里办'就职宴'不妥,我希望停止这个计划。"林曼丽试着想反驳,但是龙应台以没有前例为理由不愿让步,结果马英九率领的台北市府团队做了决定,停止陈水扁的"总统"就职宴。

之后也发生多次林曼丽和龙应台间对立的局面,美术馆的经营也不像以前那样可以自主决定。陆续发生预定的计划遭到变更或中止的情形,林曼丽"为了名誉",辞意甚坚。

然而 2000 年夏天,龙应台先有了动作,她把林曼丽找到市政府来,告诉她要调职,谈话内容令林曼丽相当生气。

"从美术馆馆长下来,调市政府当参事。"所谓参事,是个荣誉职,摆明就是要换人。

"我是政务官,也是教授,怎么会任命我去当参事。"林曼丽提出抗议,告诉龙应台不会接受参事的职务,同时也考虑着把手上的东亚油画展办完后辞职。林曼丽在油画展结束后下台,她回顾这段往事:"结果那些人不喜欢陈水扁当选,找到让他们不高兴的素材,就把我赶出去。"

但是龙应台那边的说法是,林曼丽才是和陈水扁关系密切,政治味浓厚的动作很明显,因此"外界难免批评她把政治带进文

>> 龙应台(作者提供)

第一章 民进党未完成的"美梦"——故宫改革

化"。此外，我也从台北市政府相关人员得知，美术馆内部员工对于林曼丽的营运做法及人事任命不满，曾向市政府高层投诉。根据他们的说法，龙应台解聘林曼丽的原因，不纯粹是政治对立的因素。

林曼丽离开文化行政工作一阵子，复出的机会在2004年到来。陈水扁在当选第二任时，询问她担任故宫副院长的意愿。对于当时陈水扁的样子，林曼丽仍历历在目。她被叫到"总统府"的办公室。性急的陈水扁直接切入主题："要任用你为故宫的副院长，请你接下这个位子。"

林曼丽有点疑惑，一方面是事情来得太突然，另一方面是因为林曼丽对于故宫这样的博物馆有她自己的想法。林曼丽的专业在于现代艺术，她在大学任教，也发表自己的作品，在这个领域有相关的人脉和知识。但是，她对于传统的中国艺术并不熟悉，更何况林曼丽本来就对故宫感觉相当疏远。

"对我而言，故宫不是有魅力的地方，它的收藏的确是人类的财产，也很令人赞叹。但是这是一个象征中华文化的地方，让我联想到的就是权威、政治，令人窒息。我是个独立自主、喜欢尝新的人，所以一开始就对陈先生说'no'。"

谈话的时间超过一个小时，陈水扁对林曼丽说，故宫副院长的位子是"进可攻、退可守"，意味着未来可能再晋升。"可能往上升为院长，如果不如意，也可以回到大学教职"，陈水扁希望她两边斟酌考虑，接受这个职位。

在劝说的过程中，陈水扁甚至对林曼丽说："我希望把故宫变成台湾的博物馆，像你这样的人到故宫，故宫才可能变成台湾的博物馆。无论如何希望你接下这个位子。"

陈水扁的态度，让林曼丽"感受到他改革故宫的决心"。不过，她当场还是婉拒了。因为不知道自己在故宫可以做什么，"没有明确的远景"。离开办公室时，陈水扁不太高兴，也没再多看林曼丽一眼。林曼丽自诩是"陈水扁在文化事务上最为信任的咨询对象"，陈水扁出于信赖才决定任用自己为故宫副院长，所以看到陈沉默不语的样子，林曼丽又感到"不接下来就是对不起陈水扁"，于是当天晚上回电话表示愿意接任。

两年后，林曼丽升为院长，为这个背负沉重"古代"历史包袱的故宫，注入了"现代"的新鲜灿烂空气。

"Old Is New"。林曼丽一就任就对外提出这个口号。

2007年我第一次专访时，林曼丽就针对"Old Is New"进行了说明："为传统文物引进21世纪的技术，令其产出新的价值。各个文物都有其独特的背景和故事，应将文物的设计结合商品开发。文物艺术创作之初，也是运用当时最新的技术，因此今日的古典，其实是昨日的前卫。先进的技术从旧的东西得到养分，运用高科技可将人类遗产刻画入生活与心灵之中。"

林曼丽运用计算机动画效果制作介绍文物的节目，也与"国家地理频道"等外国电视频道合作，以最新摄影技术制作电视节目介绍文物。

当时故宫正在进行由杜正胜发起、林曼丽执行的大规模整修工程，打破过去故宫创设以来以展品"类别"区分的陈列方式，改为"依照年代顺序"。希望借由"在哪一个朝代、由什么样的人创作出来"的概念，让参观者更有时代意识。

在组织人力上也有所调整。林曼丽表示，过去故宫多将人员集中在研究及管理部门，不太重视展示方面的人力资源配置。"过去的故宫是头很大，四肢很小。头就是指研究中心，四肢就是展示、服务、教育、授权管理等部门。我希望加强四肢，充实博物馆的对外功能。"

林曼丽的作风，与前述主张及论述都充满政治气息的杜正胜，两人的表现方式不同。林曼丽以博物馆对社会的服务贡献为第一优先，下功夫去引起社会关注，从改变组织架构去吸引大家来到博物馆，进而喜欢博物馆。这与过去"保管为第一要务"的传统故宫观念截然不同。

被国民党阻止的行动

就像陈水扁对林曼丽说的，民进党希望把背负着"中华"招牌的故宫转变为"台湾的博物馆"。为什么呢？从民进党的观点来看，对台湾民众来说，"中华"只是"压抑台湾"的对象。第一位民选"总统"李登辉把国民党与日本、荷兰同样列为"外来政权"。因此"中华"就是台湾的"外来政权"的证据,唯有克服了"中华",才能算是民进党政治为台湾带来变化的象征。

但是随着陈水扁的人气低迷,民进党的故宫改造工作也蒙上阴影。陈水扁在2004年的"大选"仅以微小的差距险胜,2006年又因为机要费事件,支持率急速下滑。

2007年5月24日,台湾各报刊大幅登载了前故宫院长石守谦被扣上手铐的照片,全省哗然。石守谦在台北故宫的改建案上与供应商有不正常的往来,这日一早因为受贿嫌疑被逮捕接受调查。这是首次有故宫首长被逮捕。依据"法务部"调查局的调查,石守谦为故宫本馆及周边设施改建案的负责人,为让特定供应商承包,从定价开始就与该供应商联系,便宜行事让其中标。

另一方面,石守谦方面则主张这不是事实,力主自己的清白,2009年一审被宣判无罪。

与此同时,故宫南院建设工程也陷入低谷。故宫南院原来计划在陈水扁任期最后一年的2008年完工,但是工程大幅拖延的情况已经纸包不住火。2006年时,院长林曼丽承认工程延宕,对外宣示:"2009年完工,希望在2010年开放。"半年后又不得不再度修正为"2011年6月完工"。对外的说法是因为数次的计划变更,使得建筑物的设计产生诸多矛盾,为了修正又耗费多时。

故宫的兴建预算执行须获得"立法院"的同意,而"立法院"内在野党的国民党占多数，国民党"立法委员"针对故宫南院的兴建计划提出很多疑点，因此工程进度遭遇很大的困难。

台湾的政治体制上，"行政权"属于"总统"及"总统"提名并任命"行政院长"组阁之"行政院"。另一方面，台湾还有"立法院"，与日本相近的选举制度所选出的"立法委员"，审议"行政院"向"立法院"提出的"法案"及"预算"。

陈水扁"总统"任期八年中，民进党在"立法院"一直是少数，这与日本议院内阁制的少数执政党状况有点不同。"立法院"要罢免"总统"几乎是不可能的，所以他不会立即被推翻，但是"法案"及"预算"就很容易受到国民党的掣肘，这是制度上的缺点。

民进党的计划标榜"亚洲的美术馆"，国民党则对此持反对意见，认为"故宫不可能成为亚洲的美术馆，作为中华文化的美术馆或博物馆比较合适"。这样的论战在"立法院"不断交锋，双方的对立水火不容。

国民党对于民进党开始的故宫改革，因为看到台湾民众的支持程度比较高，虽然刚开始不高兴但也只能沉默以对，但是后来陈水扁当局明显弱化，于是开始公开反对故宫改造。

故宫为准备新馆开馆，并购买亚洲文物，编列了一亿七千万元新台币的预算，分配入2008年年度预算中的有七千两百万元新台币，但是"立法院"不同意这项预算。"教育文化委员会"的国民党"立法委员"洪秀柱、李庆安等批评说:"预定购买的文物,中华文明只占三分之一,这和故宫以中华为主体的性质相矛盾。"因此冻结预算。

当时我曾专访洪秀柱,她表示:"这次故宫提案的预算,违反故宫的'组织法'、'预算法',因此予以冻结。2005年时也发生过相同的情况,但是故宫此次仍不听劝,造成这次冻结预算,是一种惩罚。用预算购买的文物不应是东亚的文物,而应是中华古代的文物。'组织法'上明文规定,故宫是收藏中华文物的,他们这样是'挂羊头卖狗肉'。"

对于故宫南院,她也有一番见解。"当初设立故宫南院都是政治性的考虑,选址时嘉义就不是候选名单的第一名,但是嘉义县县长陈明文是民进党内的重要政治人物,嘉义又是民进党选票集中的重点区域,因此选了这个偏僻又有问题的地点。全世界有名的世界级博物馆都没有分院,故宫没有设立分院的必要。"

当时林曼丽在"立法院"教文委员会这样反驳:"我们把故宫定位为世界五大博物馆,又是唯一以单一文明为主的博物馆。我们不应该限制主题而画地自限,而是要借由扩大收藏品,增加影响力,更加扩大中华文明的魅力。"

但是就国民党而言,收藏展示中华文物的故宫,并无收集亚洲文物的正当性,从制度上看,这种想法是对的,因此民进党想突破国民党"立法委员"的"墙壁"相当困难。

在这个摩擦不断的故宫改革过程中,两党终于迎来了从2007年底到2008年春天展开的总会战。台湾有一条规范了故宫体制的"法令",称为"国立故宫博物院组织条例",该条例于1987年施行,民进党在故宫改革开启八年后,向"立法院"提出修正案,希望将《条例》修改为"组织法",以期与此同时,全面修改其文字表述。围绕"立法院"进行修正草案的审议,民进党与国民党将一决胜负。

该条例第一条说明故宫的设立目的,规定:"为整理、保管、展出原国立北平故宫博物院及'国立中央博物院'筹备处所藏之历代古文物及艺术品,加强对中国古代文物艺术品之征集、研究、阐扬,以扩大社教功能,特设'国立故宫博物院',隶属于'行政院'。"

民进党提出的修改版本是把前述第一句划线的部分删去,把第二条以后多次出现的"古代文物"的表述,删去"古代",只留"文物"。

中国大陆的故宫博物院及中央博物院的文物被运到台湾,严谨保管是故宫存在的理由。民进党的修正案希望把故宫的根切掉,并消除古代中国文物的限制要素,把故宫的征集方针从"中华"的紧箍咒中解放,为故宫南院征集亚洲文物开道。

结果这个修正案果然受挫,遭到国民党"立委"反对,也没有妥协的空间,划线的部分全部被保留下来。在这场激战中,民进党胜利的地方,仅是修正了故宫不合时宜的组织架构,让组织朝向比较有弹性的方向发展而已。

民进党的故宫改革之所以失败,在于其执政八年间都没握有"立法院"的多数席位,而"立法院"又掌握"法案"的决定权。此外,当时的民进党因为陈水扁发生丑闻导致声望低落,下届"大选"又被认为会有政党轮替,在这种情况下,在"立法院"占多数的国民党,也没必要对民进党让步。

陈水扁的密访

谈一段插曲,当执政党与在野党拉锯战进入最高峰时,故宫改革的总负责人陈水扁于2008年2月9日造访故宫。这个日程当时并未公开。

在林曼丽的陪同下,陈水扁进入故宫后面的山洞仓库。在故宫,进入仓库称为"入库",需要特别的安保等级,在规定上,就算是"总统"也绝不可能随意将文物拿进拿出。

当时陈水扁鉴赏了乾隆皇帝时期制作的"大藏经"。大藏经是佛教经典集大成之作,故宫收藏的这一版与密宗相关度较高,因此又被称为"西藏大藏经"。

在中国文化圈,大家相信"看到大藏经的人会有好运",这时离他卸任还有三个月,离下一届的大选还有一个月,陈水扁已经当了两任八年台湾地区最高领导人,这次的选举他没有出马。当时的选情对于民进党的候选人不利。陈水扁出身台南乡下，热心祭拜土地公，对风水也讲究，其信仰的虔诚可见一斑。

林曼丽说："我不清楚陈先生是因为什么想法来鉴赏大藏经。"我的推测是，陈水扁亲自造访其推动改革的故宫，依赖类似迷信的行为，大概是担心当时选举情势可能败北。陈水扁后来因为海外秘密账户等问题被逮捕，在这个时间点上，海外的司法机关询问有关资金异常汇出的信函已寄到了台湾，陈水扁也知道事态严重。

如果国民党的马英九当选，那么资金异常流动的问题就很可能会变成丑闻，陈水扁希望发生奇迹逆转选情，也许他的心情已经落到必须祈求大藏经"灵验"的地步。

"被中华中心主义的铜墙铁壁阻挡"

2008年5月上旬，我在台北故宫的院长室与林曼丽见面。几天后她即将下台，我想问她对于故宫改革的自我评价，这是她以院长身份最后一次接受采访。

林曼丽向来话多，但此时却不太一样，表情倦怠，令我印象深刻。她向我提到了对于"立法院"的不满、对于故宫南院建筑能否完工的不安、故宫的变与不变等等，会谈长度超过了原来预定的采访时间。最后我探询了两个藏在心中的疑问："您怎么看待国民党的'中华'意识？"

林曼丽说:"国民党一部分'委员'的'中华'观念太强。守护'中华',和故宫向亚洲伸展扩大,两者并不矛盾。我已经和许多'立法委员'沟通过很多次,但是他们不肯相信。我们并不是要'去中国'或'去中华',但是守护者只是把自己关起来。中华文化的伟大是要把亚洲拉进来,但是他们不愿了解,真的很可惜。"

林曼丽不得不承认民进党的故宫改革,在某些部分遇到了中华主义的铜墙铁壁,她在谈话中毫不隐瞒地流露出遗憾。

还有一个很难提问的问题,但我不得不问:"现在新执政党诞生了,故宫将来会如何?"林曼丽回答:"我也不知道,我回答不出来,回答不出来。"林曼丽一直重复着"回答不出来",接下来就不说了。

强硬拒绝的口气,令我哑口无言。她大概注意到我的表情,过了一会儿,林曼丽才说了一段话:"有担心,也有不安。我已经尽我所能了,没有后悔遗憾。我想我已经打下了基础,有很多对方想改也改不了的地方。我希望他们能改变想法,这样我会很高兴。不能再回到以前的混乱,那是不对的。所谓的纤细文化,是不容政治的粗暴伤害的。"

在民进党八年故宫改革的最后,在前方等待着的会是什么呢?

我的预感是故宫将进入"震荡回归期",而且不知该怎么用笔墨形容,毕竟我觉得这一切很无常。

第二章

文物流失——是丧失，还是获得？

>> 北京故宫（作者提供）

现在我希望从民进党"困兽犹斗"地进行故宫改革的21世纪初，将时间拉回到一个世纪以前。

清朝国力衰退已是藏不住的事实，从19世纪末叶到1911年的辛亥革命至1925年故宫博物院诞生的这段时间，原本收藏皇帝珍宝的紫禁城，大量流出中国艺术品。在"故宫诞生前夕"，文物就像溃堤水库中的水一般，奔流至全世界，流出的文物数量没有具体的统计数字，但从欧、美、日等世界各地在这段期间形成著名的中国艺术收藏据点来看，数量应该相当庞大。

对中国来说，这是痛失。同时对于外部世界而言，却是得到一个了解皇帝无穷权力及中华极致文明的契机。

丧失与获得是一体两面，如同硬币的正反面。中国是失去，世界其他国家则是获得。

中国朝代的盛衰与文物

中国的朝代起起落落，盛衰兴亡填满历史的卷章。中国史令人振奋的魅力，不仅让中国人心醉，也掳获日本人和世界历史迷的芳心。中国史没有什么禁忌或妥协，残酷但明快的人际争夺，深深吸引着我们。

以日本人很熟悉的《三国志》为例，标榜自己是汉朝后裔的刘备，曾为了生活编织草鞋，曹操虽是家财万贯但却是宦官之子，孙权一家都是盗贼出身。全都不是什么值得夸耀的权势家谱，他们在悠久的历史上一夕成名，但最后又败落下来，让历史记录高潮迭起。

遵守天皇万世一系①的日本历史中，就没有这样的时代。日本天皇家的血脉是不会断的，就算是在日本战国时代有人去向天皇或皇族争宠，也没有人会去断绝皇族的血脉。

而中国的情况却不同，自古就有"易姓革命"来支配权力，推翻旧朝代，产生新朝代。"易"的意思是改变，"姓"的意思是家族。表面上说，有德者天命降于斯人，事实上，天命是有实力的人自己创造出来的，易姓革命换言之就是实力主义。

---

① 万世一系，指皇室血统从古至今，以至将来永远保留，不会在历史中随时代的变迁而中断或变更。——译者

要有天命,军事力量是首要条件,也需资金支持。但是要成立一个朝廷,必须统合行政机构、税制,确保预算,才能有效统治整个版图。唯有如此,朝廷的权威才得以建立起来。

在政治学上,权威是靠"权力"和"正统性"来确立的。

所谓"权力",如其文字的意思就是军力和财力。另一方面,现代社会的正统性是靠选举及议会的任命所赋予,但是在古代并无民主主义,需要其他东西,那就是文化。

中国历代朝廷政权为求安定,皇帝几乎都热衷于收集文物。保有文物可以提升成为中华之王的正统性。

其代表性人物就是清朝的乾隆皇帝,他的收藏建构了现在故宫的雏形。清朝是少数民族满族打下的天下,是异族统治的朝代,但是清朝的历代皇帝比汉族的皇帝更加致力于学习中华文化,爱好及收集文物的倾向也远胜于过去的朝代。乾隆帝又是其中文物造诣最为深厚、收集文物最为积极的皇帝。

"文物流失"也可说是乾隆皇帝等收集的文物,从他的子孙末代皇帝溥仪手中回到社会的过程。

文物流失的主角——"末代皇帝"

溥仪的自传《我的前半生》中,精彩记述了清朝宝物的璀璨。然而从溥仪的无知与伪天真的文字中,也清楚浮现出文物流失的严重情况。溥仪好像在写别人的事情一样，道尽清朝宫廷内部道德沦丧的情形。

"明清两代数百年来帝王收集的宝物，除了先后两次被外国士兵拿走的以外，其余大都留在宫中。这些都没有清点，就算有记录也没人检查，所以有没有不见、有多少遗失也没人知道。"

"现在想来，这宛如一场大掠夺。参加掠夺的，上下交相贼。换言之，大概有机会偷的，没有不去偷，简直是天不怕地不怕。"

偷的方法千百种。太监趁夜摸黑踹开保存文物的仓库大门，撬坏门锁，像小偷一样拿走宝物。溥仪下面的大臣、官员们，巧立名目借出宝物，例如需要担保品、竞标、鉴赏等，甚至向皇帝索要赏赐，他们想尽所有手段，伪装合法地把宝物带出去。溥仪知道这些事，却不知道该怎么办，他回想："我只想着其他人正在偷走我的财产。"

溥仪的家庭教师是英国籍的庄士敦，依据他的说法，北京的地安门街附近陆续有多家古董店开张，有些店铺是太监开的，有些店铺是朝廷高官或他们的亲戚经营的。

某日，溥仪再也受不了了，下令导入盘点宝物的制度。但是刚开始盘查，紫禁城内的宝殿就遭到无明大火，贵重的文物就和"证据"一起葬送了。清朝末年宫廷的混乱情形，实在令人惊骇。

庄士敦目睹了文物大规模的流出，他担任溥仪家庭教师的工作，在溥仪被放逐出紫禁城之后，庄士敦甚至帮他安排落脚处，扮演了溥仪人生推手的角色。

他在著作《紫禁城的黄昏》中提到，这个时期的朝廷"连晚饭的费用都得到处张罗，靠大量的宝石和陶器抵押"。当时的朝廷没有收入，因此抵押品全流当了，外国的收藏家都来捡便宜。

庄士敦十分担忧宝物的流失。内务府的官员批评是："以不经济的方法处分宝物。"官僚和商人相互勾结，以低于市价卖出。官员当然也从中得到了不少贿赂或好处。

庄士敦经常请求溥仪采取对策，但是溥仪束手无策。庄士敦似乎也知道这位末代皇帝的能力有限，虽然聪明，但是缺乏执行力。

他曾写下："年幼的皇帝是没办法到处调查的，没人教过皇帝什么是金钱的价值，定期从朝廷的宝库拿出宝物去卖，应该进账多少金额，皇帝完全没有概念。"

对于溥仪和清朝宫廷的官员，他深表同情。

1911年辛亥革命推翻清廷，溥仪被限制居住在紫禁城，新政府同意清朝的宫廷继续残存。然而中华民国政府提供的经费有限，要维持庞大的人事费用和基本开销的宫廷突然陷入贫穷的愁云惨雾中。宫廷自己也不可能有收入来源，自然而然就得依赖变卖宝物了。

政权倒台的混乱程度，可从其堪忍受的掠夺情况来计算出来。2003年伊拉克战争时，民众从巴格达的博物馆拿走古代文明的收藏品。即使在世界上治安数一数二优良的日本，在1995年阪神大地震时，也曾经发生小规模的掠夺行为。溥仪虽在清朝末年好不容易保住了皇帝权威，但在辛亥革命之后，他失去了皇帝的身份，宝物的所有人身份也变得含糊不定。

很明显的，溥仪身边的人等待的是一个黑暗的未来，能够偷多少就偷多少，这种反应从人性的角度是可以想象的。同时，溥仪自己也在文物流失的情况中"参一脚"。在溥仪还没被赶出紫禁城前，有人在紫禁城的仓库里发现了一本目录。

这是负责整理文物的故宫职员所发现的，名称是"赏溥杰单"及"收到单"，也就是"给溥杰的恩赐清单"及"领受清单"。根据这份资料，溥仪给了弟弟溥杰大量贵重的文物，溥杰拿到市场上用文物交换金钱，和溥仪对分。通过这个方式流出的宋、元、明朝的书籍达两百种，唐代到清代的书画约有一千件。我们可以这样猜想，溥仪借此筹措生活费的同时，也在积攒被赶出宫廷之后的生活所需。

溥仪既是宝物的所有人，也是偷宝物的其中一人。溥仪为了保命，充分地利用了文物。

例如，在1923年曹锟就任北京政府的大总统时，溥仪很慷慨地把文物当作生日礼物：哥窑天盘口大瓶二件、嘉靖青花果盘二件、玉雕云龙大洗一件、白玉双管甲扁瓶一件、白玉诗歌山子一件、碧玉仙人山子一件、古铜三足朝天耳炉一件、古铜鼎一件、古铜鎏金双鹿耳尊一件、珐琅葫芦瓶一对、珐琅宫熏一对、红雕漆格一对、红雕漆双耳尊一对。

每件文物的价格不详，但是以常识来判断，哥窑是宋代五大窑之一，价值自然不菲。溥仪将这样的文物当作生日礼物，送过吴佩孚、张作霖、徐世昌等军阀人物。他不只把文物当作资产来源，也充分运用在交际往来之中。

而且，《我的前半生》中也生动地描写了溥仪自己和宝物的去向。溥仪在被逐出紫禁城后，到日本建立的伪满洲国当皇帝，又在日本战败后被扣留在苏联。之后被移送给中国，在抚顺、哈尔滨的政治犯收容所，和其他战犯一起接受思想改造。

溥仪从紫禁城带出的皮箱，底层藏着小型的首饰。又担心如果被发现，自首还是会入罪，犹豫再三，最后接受共产党"坦白从宽"的劝说，才鼓起勇气交出"白金、黄金、钻石、珍珠等精心挑选的四百六十八件贴身首饰"。

溥仪的面前是满桌的首饰，他低着头说："藏匿了这些东西，是犯规，犯了国法。这些原来就不是我的东西，是人民的东西。"

收容所所长赞扬溥仪的勇气，并没有单纯地没收溥仪的东西，而是给他一张收据，这是相当宽容的处理。溥仪感动落泪，也更加信任共产党，成为共产党思想改造的佳话。想到溥仪是个被宝物左右人生的可怜人，不禁令人感慨。

香港展出的溥仪的首饰

我在香港看到了溥仪的首饰,激起了对于那个时代的想象。亚洲艺术品市场的中心香港,有两大拍卖公司——佳士得和苏富比,他们从世界各地搜罗了中国的艺术品,每年在春秋两季举办拍卖会。

2008年秋季的香港拍卖会上,一支翡翠发簪榜上有名。

同一年夏天在台北的拍卖前展示会上,我曾遇到一位从纽约赶来的佳士得的美国专家,并向他探询了这支发簪的由来,他当时回答我说:"这是清朝流出的东西,还有一支一模一样的东西在沈阳。簪通常是一对,这应该本来是一对的。"

据说簪的所有人在台湾。拍卖会时,我特地赶来观看,拍

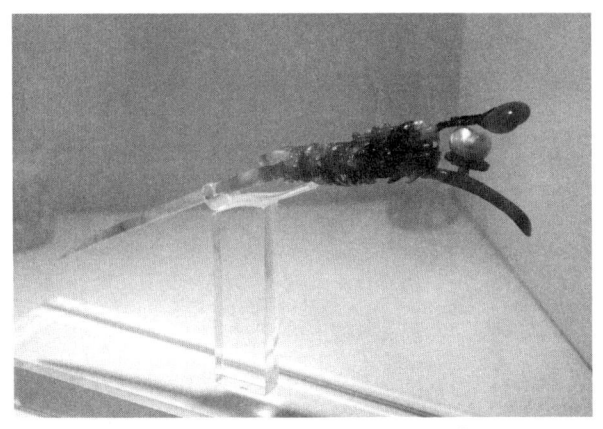

>> 香港拍卖会上与沈阳故宫藏品为一对的玉簪(作者提供)

卖会场设在一座大厦中，从大厦往下眺望，可以看到香港最美丽的海港维多利亚港，那支簪就放在玻璃盒里，美得令人屏气凝神。翡翠特有的深绿，使人联想到深山中的湖水，簪的锐角形状弧度极美。簪本来只是日常用品，这支簪已经达到艺术品的境界。

佳士得开出较高的价格竞标，当时正逢雷曼兄弟事件，买家反应不佳。玉簪因没有买家而流标。如果我有钱的话，应该会认真考虑参加竞标。

几个月后，我从台北飞到寒冬中的沈阳。因为两岸关系改善，有了十分便利的直航班机。以前从台北到北京或沈阳，必须在香港或韩国济州岛转机。直航以后，所需时间只要过去的一半。

沈阳位于中国东北地方，是清朝满族的故乡。清朝开国皇帝努尔哈赤在此建都，"满洲国"时代称为奉天。王公贵族为了躲避北京的酷暑，把沈阳当作避暑胜地。沈阳还留有当时宫廷建筑，小紫禁城变成了沈阳故宫博物馆，也被列入世界遗产。

我在参与佳士得竞标会之前，即2008年夏天时和沈阳故宫有了接触。与我接洽的是副研究员李理，他接到佳士得的电话。对方询问："有一件竞标的艺术品，想请您看看。"李研究员称当他打开佳士得寄来的电子邮件附件时，脑海里闪过一个东西，于是他回答说："我们仓库里有一件类似的东西。"

>> 沈阳故宫（作者提供）

佳士得事先并不知道沈阳故宫有类似的宝物，所以他们拿相同的问题问遍了中国各地的博物馆，正巧在沈阳故宫找到了。据说李研究员花了不到一小时，就从收藏品的清单中找到了这支簪。

虽然这种首饰一看就知道是贵重的东西，但在现在的拍卖市场上，非常重视"来历"，也就是竞标品的历史。在哪里做的？经过谁的手？命运愈是充满惊涛骇浪，价值就愈高。

经过鉴定，李研究员传来的相片中的簪与拍卖品的确是一对，佳士得非常高兴，于是拿到拍卖市场上竞标。沈阳故宫收藏的簪，右侧装饰的宝石掉了，改以金属补缀。簪上有一只蟋蟀，刻有云彩的图案。李研究员分析认为这是清朝末年的作品。

溥仪交给收容所所长的首饰，经过一段曲折离奇的经历后，被移交到沈阳故宫保管。这支簪确实极有可能原来是溥仪的东西。李研究员经过鉴定认为:"当时的首饰通常是做成一对,我从材质、加工、设计可以断定,这两支簪原来是一对的。"

一支簪在某一个时期流落到外面去,另一支则由溥仪放在行李箱里带出。这对经过"生离死别"的簪,因为拍卖的机缘,通过计算机画面,在一百年之后跨越时空再次相遇。

我从台湾飞到零下二十度的寒冬中的沈阳,李研究员送我从故宫出来时,轻声地说的一段话,令我难以忘怀。这是从事学术和历史的人,才会有的感慨。他说:"历史是无常的,原来是一对完美组合的簪,因为战争和人们的想法而离散,然后再度偶然相遇。你不觉得这也给现代人一个启示吗?要好好珍惜这些老东西。一旦失去了,要找回来可不容易。这

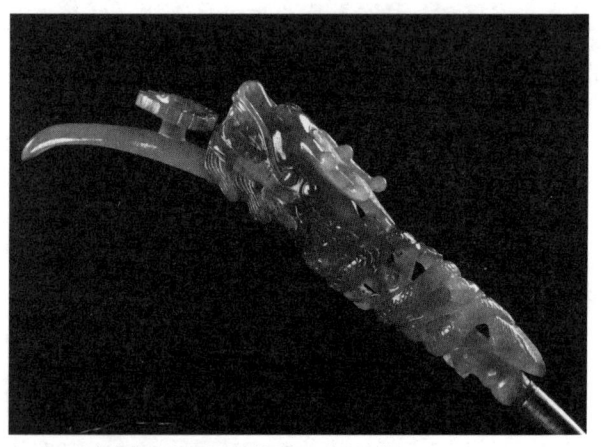

>> 沈阳故宫收藏的清朝翡翠头簪局部(作者提供)

对簪极其幸运再度相遇，但是有成千上万的东西可能就永远失散了。"

文物流出将中华文化传播至世界

这个时代的清朝，文物遭到三次流失的灾难。首先是1856年亚罗号事件引发的第二次鸦片战争，1860年英法联军入侵北京，占领圆明园，据说掠夺了两万件文物。原来作为皇帝办公地兼避暑地的圆明园，因此变成废墟。第二次是1900年的义和团之乱，英法德俄日等八国进驻北京。颐和园等皇家园林，都遭到各国军队的掠夺。第三次是辛亥革命后，溥仪、王公贵族、朝廷官员等从紫禁城夹带文物出去。

对于中国，这是一场大悲剧，但却让世界了解了中华文化。英国大英博物馆、美国大都会博物馆、波士顿美术馆、法国国立吉美亚洲艺术博物馆、日本东京国立博物馆等世界顶级的博物馆，都以收藏第一流的中国艺术品而自豪。欧美特别开始收藏和展示中国的艺术精品的时间，是在19世纪末到20世纪初期。沃伦·科恩（Warren I.Cohen）的名著《东亚艺术和美国文化》（*East Asian Art and American Culture*），叙述了美国接受亚洲文化的过程，书中以"收集东亚艺术的黄金期"来形容这个时期，指出美国"大大小小各个美术馆大量收藏亚洲精致的艺术"。

在当时的世界，最早接触到的东方艺术是日本文化。北斋风潮兴起，在波士顿美术馆担任亚洲美术策展人的冈仓天心，非常积极活跃于美日之间，将日本的艺术介绍到美国。

通过各地热闹举办的万国博览会，东方艺术品陆续出现，风靡了欧美。来自日本的浮世绘、伊万里或古九谷陶瓷器聚集了人气。"日本风尚"（Japonism）也在此时变成一个专有学派。例如在波士顿美术馆里的"莫尔斯收藏"的背景，是美国动物学家爱德华·莫尔斯（Edward S. Morse）在19世纪后期到日本，在日本停留期间走访各地，收集了近五千件的日本陶器。莫尔斯将达尔文的进化论介绍到日本，也因为发现了大森贝冢而颇具盛名。

莫尔斯具有独特的个性，竭力收集和介绍日本文化。在当时的时代背景下，欧美兴起以日本艺术为中心的东方艺术爱好风潮，也支持了莫尔斯的活动。因为明治维新率先开国，日本文化为欧美社会所接受，在世界广泛传播是必然的结果。然而日本占优势的情况，在20世纪初开始有了变化。

辛亥革命前后，从中国大批涌出的文物渐渐成为欧美收藏家的注目焦点，特别是在爱好瓷器文化的欧美，将瓷器称为"china"，明清的中国瓷器比质朴的日本陶器更具魅力。因而到处有中国文物展售会，也开始出现钻研、收集中国艺术的专家。尤其是在英国的贵族社会，鉴赏中国陶瓷的沙龙萌芽，中国陶瓷器质量兼具，很快地在市场上就把日本陶瓷器比下去了。

将中国艺术推广到世界、贡献卓著的人物中，有一位是日本人。他是山中商会的山中定次郎。他1866年出生于大阪的堺市，家里经营古董生意，定次郎是长子，从小跟着父亲，有很多机会接触艺术品，年轻时即练就一身鉴定和审美的功夫。山中定次郎梦想到海外大展鸿图，因而学习英文变得不可或缺。

后来他成为古董商山中吉兵卫的女婿，二十几岁就到纽约开店，并拓展事业版图至波士顿、伦敦等地，相当成功。"Yamanaka"的名号广为欧美的收藏家所知，分店网络遍及芝加哥及华盛顿等地，积累了大量的资金。

山中定次郎本来的事业重心在日本的艺术品及工艺品，但后来逐渐转换成中国的艺术品。他在北京设点，买下从贵族手中流出来的清朝陶瓷器，一仓库一仓库的买，做生意的方式非常海派。《山中定次郎传》中甚至有段插曲，说山中定次郎在辛亥革命发生的1912年后，整个买下清朝恭亲王府的收藏品。

明治中期到大正期间，像山中定次郎这样的日本古董商纷纷从事国际贸易，因为日本人具有了解中国艺术的审美眼光，加上略通中文，让他们取得了欧美人士所缺乏的语言优势，日本古董商从明治中期到大正期间在世界的中国艺术收藏领域，建立了他们的时代。

其中最突出的就是山中定次郎，1919年时曾获得英国皇室颁赠的皇室用印。

在日本关西开花结果的中国艺术沙龙

我对于故宫文物和关西地区的关系，有着浓厚的兴趣。在关西地区，拥有很多东方美术的数据馆和博物馆。东京是集中在东京都内，关西的特色则是以京都为重心，并分散在大阪、兵库、奈良等地的文化场所。

住友财团的住友吉左卫门建立了世界顶级的青铜器收藏库。住友是关西最具代表性的财团，因为经营铜矿，觉得青铜器这个艺术品与自家企业形象十分相符，所以开始投入。这个系列的青铜器作品现在收藏于京都的泉屋博古馆。东京也有一家同名的博物馆，这里是以住友吉左卫门的长子住友宽一购买的中国画为主。

京都商人藤井善助因为经营贸易致富后，收集了许多书画和工艺品，开设了"藤井有邻馆"。《朝日新闻》的创办人上野理一，执着于书画收藏，后来寄赠于京都国立博物馆，名为"上野收藏"。2011年1月至2月间，京都国立博物馆举办特展"笔墨精神"，展出多件上野的收藏，我也前去观展。有许多件作品都被列入国宝或重要文物，质量之高，令人目瞪口呆。

白鹤酒造的酿酒家第七代嘉纳治兵卫，广泛收集了中国的青铜器、金银器、陶瓷器等中国艺术品。现在是白鹤美术馆（神户市）的镇馆之宝。东洋纺绩社长阿部房次郎所收集的中国画，寄赠于大阪市立美术馆。神户商人黑川幸七收集中国书画、货币、镜子、刀剑等，现在放在黑川古文化研究所（西宫市），广泛作为研究及展示之用。

这些关西地区的商人组成了"兰亭会"，一个热衷于中国艺术品的沙龙。"兰亭会"每月一次在京都的豆腐料理名店"南禅寺"举行。在这个沙龙里有一位重要人物，他是战前具代表性的东方史学家内藤湖南，他提倡亚洲主义。

除了内藤湖南，还有犬养毅（五一五事件中[①]被枪杀）、罗振玉（甲骨文研究专家，辛亥革命后逃亡日本）都在兰亭会中，成为这些关西商人的导师。其他还有郭沫若、梅原末治[②]等大名鼎鼎的人物现身兰亭会。他们带来文物的知识与见解，让关西商人为之心醉，后者赚来的财富都不惜投入流落日本的中国艺术品上。

内藤湖南等人认为，与其让欧美拿走中国文物，不如由邻国的日本保管，理想地希望本于敦亲睦邻的精神，将来有一天让文物回到中国。这种对于中国文物的态度，可说反映了理想派亚洲主义，相当程度影响了这些商人。

2009年冬天，我造访黑川古文化研究所，他们说明了黑

[①] 五一五事件，指1932年5月15日发生的以海军为主的法西斯政变。孙中山的革命密友、当时的日本首相犬养毅被杀害。——译者
[②] 日本考古学家。——译者

川幸七收藏的理念:"并非以收集名品或精品为主,而是集中收集研究上有意义的文物。他根据内藤湖南等人的建议,思考如何在日本保留传承中国艺术。"

访问京都的藤井有邻馆时,馆长藤井善嗣告诉我:"藤井善助曾到上海东亚同文书院留学,目击了大批中国文物从上海港流至欧美,十分痛心。他认为不如移入同文同种的日本,他认为这是自己的使命,对之念念不忘。"

关西地区建立了中国艺术收藏,当时日本和中国尚未进入战争状态。孙中山曾在神户演说提倡亚洲主义及中日合作。从关西的中国艺术收藏故事中,隐约投射出当时日本和中国和平而浪漫的短暂佳话。

第三章
漂泊的文物

>> 曾经作为文物仓库的安顺钟乳洞（作者提供）

故宫文物本身就绽放着神秘的光芒，被卷入战火后又在中国各地逃难，最后飘洋过海来到台湾，文物颠沛流离的故事，其实对于内部的工作人员来说只是逃避战火罢了。本章将把目光移向那些与文物一起逃难的工作人员的经历。

首先我们绕不过那志良这号人物。从1925年故宫博物院在北京诞生，之后文物移送台湾，一直到台湾故宫的诞生，他经历了与文物共生死的所有过程，可称得上是故宫的活字典。曾经写下《故宫四十年》、《我与故宫五十年》、《典守故宫国宝七十年》等不少著作。此外，日本历史作家儿岛襄的大作《日中战争》中，也描述了那志良登场的中日战争。他的著作的线索，就是那志良目击的流转经历。

1925年刚从高中毕业的十七岁少年那志良，进入"清室善后委员会"工作。这个委员会是清朝最后的皇帝溥仪退位后，在紫禁城设立的。清室善后委员会，是北京政府为了清点及运用清朝皇室留在紫禁城的物品所设的组织，是故宫博物院的前身。

即将从高中毕业的那志良，在1925年的元旦去拜访高中时代校长的家。正好清室善后委员会希望校长推荐人才来整理清朝文物。校长说："你的个性认真，这不正是个很适合你的工作吗？"那志良也没多想，第三天就开始到故宫上班。

那志良是满族人，满族在清朝是统治阶层，但那家并非出身于富裕之家，这个工作职缺只是个普通的办公人员。

清室善后委员会集合了许多当时赫赫有名的人士，如汪兆铭、蔡元培、罗振玉等。因为《绍英日记》而出名的清朝官员绍英等人也名列在册。但是他从不出席会议，从他抵制设立故宫博物院的讨论行为，可以猜想在故宫筹备过程，他应该没有发挥太大的影响力。

担任整理文物工作的那志良，当时只是个普通的高中生，对于文物不关心，也一无所知。上班第一天，同事问他："对古董感兴趣吗？"他回答："看不出来和我家的茶碗有什么不同，不是都很像吗？"同事们听了笑他："你家的茶碗一只三毛，这里的茶碗一只可是数千万元。"

北京隆冬，天气严寒，因为怕发生火灾，所以文物的仓库都没有暖气，在里头工作相当艰苦，手脚耳朵都可能冻伤。

那志良等工作人员整理清点告一段落以后，故宫博物院在1925年10月10日"双十节"正式开放。由于选在10月10日辛亥革命纪念日开幕，所以第一天就有两万人以上造访。清室善后委员会在9月29日才决议了《故宫博物院临时组织大纲》，并匆忙赶在十天后开馆。

那志良说"想进去展览室的进不去，想出来的出不来"，当天场面极为混乱。那志良被分配在紫禁城的"养生殿"，在混乱中喊着："前面的人往前进，后面还有很多人排队。"一整天下来，嗓子都喊哑了。

紫禁城如其字面的含义就是一个"禁城"，自古是皇帝办公和生活的地方，一般人是不能进去的。在中国历史上首次的对外公开，就是在故宫博物院开放的那一天。

这正是"革命的果实"，民众除了关心文物，应该是对于可以解禁进到皇帝的住所更感兴趣吧！

故宫虽然成立，但是革命后的中国呈现军阀群雄割据的状态，北京政府的行政能力有限。政府的预算一直下不来，那志良的薪资每月只有十五元，虽说本来还能维持生活，但是薪水迟发是家常便饭。那志良刚开始负责图书，后来负责古物。只有周一休假，周二到周六整理文物，周日对外开放时，就负责展馆的整理。

九一八事变改变了文物命运

以蒋介石为中心的国民政府在 1928 年完成北伐，中国终于产生统一的政府。故宫博物院的运作也步入轨道。这时那志良负责"玉器"，他钻研玉器，留下许多专论著作。

1931 年，中国发生九一八事变。日本人以"南满铁路"被炸为借口占领东北，那志良的著作中有一段话："只拿到我国的东北地方，应该是不会满足日本人的野心的。万一北京或天津发生战争，文物的安全令人担忧。大家一致的意见就是，应该及早开始准备，离开危险的地方，搬到安全的地区。"

在这之前的 1931 年 1 月，故宫理事陈垣把那志良找去。当时那志良的职位是一等办事员。陈垣对他说："国家灭亡可以再起，文物一旦失去了就永远回不来。"并将疏散文物的准备工作交给他。最优先要办理的事项就是将文物装箱。

因为文物从来没有离开过紫禁城，故宫里也没有装箱的专家。那志良这些毫无经验的故宫职员一筹莫展，于是决定请教在外面古董商旗下工作的专家。当时在北京"琉璃厂"一带有多家古董商经营的店家，他们寻求这些人的帮助。刚开始，那志良等故宫人员都以为这只是一般的搬家装箱作业，但从专家那里学到愈来愈多的窍门以后，都觉得这项工作很不简单。

有一回那志良对专家说自己的感想："装箱好像没那么难嘛。"专家们就请那志良尝试自己把喝茶的茶碗包起来，再拿起那志良包好的茶碗猛摔，打开包装一看，茶碗是破的。接下来专家们把自己包好的茶碗也相同地猛摔，却毫发无伤。原来专家的作业是有"绝活"的。

那志良说，这项技法称为"稳"、"准"、"紧"、"隔离"（每件文物都要隔开）。以最容易损坏的瓷器为例，一开始要将把手和壶嘴用绳状的棉花缠绕，壶内也要塞紧棉花，整个捆成一个长方形。再用细绳绑紧，裹上棉花，用纸紧捆成包。装箱时，木箱内用稻草把瓷器塞紧，每件瓷器要用棉花紧置隔开，封箱就可以运送。这是相当有难度的技术。

不过后来故宫的职员个个都成为专家，无人能出其右。因为往后的日子，文物在中国各地移动，那志良等人得不断地重复捆扎装箱。

里面不仅有故宫的东西，一起搬走的，还有放在古物陈列所、颐和园和"国子监"的文物。颐和园原本就是清朝皇帝的离宫，而国子监则是自元朝以来的图书馆。装箱的文物达一万九千五百五十七箱。其中一万三千四百九十一箱是故宫的文物，其余六千零六十六箱则是来自古物陈列所、颐和园和国子监的东西。

然而文物南运的决定，引发了群众的反对运动。"有文物才是北京，文物没了，北京就失去了存在意义。"有人这么认为。那志良等职员也接到言论偏激的威胁电话:"你是负责搬运的吗?小心没命了,老子在运送文物的火车上安了炸弹。"

当时民众认为将故宫文物运出北京的时间必定是日军进攻北京之日,因此故宫外围无论昼夜都有民众集结包围。

第一批运送队的出发是在1933年1月31日决定的。当天虽然成功地把文物从故宫送到北京车站,但是车站的搬运工因为害怕被群众袭击而没有出现,不得已,半夜临时决定停止搬运。又过了几天,2月6日,第一批文物才再次从北京出发。那志良即将远赴南方,临行前他的婶婶抓了一抔庭院的泥土给他说:"带上故乡的泥土,别把家人忘了。"

搬运文物刻意选用日本制造的特别列车,优先于其他列车的发车时刻发车,在冬天的中国大陆从北京南下郑州,经徐州来到南京郊外靠近长江河岸的浦口,这一趟花了一天半的时间。

然而搬运的同时,中国的情势面临重大的转折。2月,日本拒绝国际联盟做出的"满洲问题"决议。几乎是在同一时间,关东军司令部对热河发动攻击,热河后来也被划入"满洲",成为它的一部分。

第一批文物和运送队伍意外地被留在浦口。情势紧迫,指挥系统混乱,当局又一直没选定文物的保管场所。不得已,那志良等故宫职员和文物就在火车上长期待命。职员们互相开玩笑说:"就像扛着棺材来了,却不知道要埋在哪里!"

后来当局决定古物和图书送到上海，文献放在南京保管。上海把当时在法租界的旧医院大楼挪作保管场地，该大楼是七层建筑，全部提供给故宫文物使用，文物依照种类寄存于不同的病房。

第二批文物在3月14日从北京出发，接着3月28日第三批，4月19日第四批，5月15日第五批陆续运出。象征中华民族生命的文物南运计划悄悄完成，没有遇到太大的麻烦。

首次故宫海外展览大获成功

文物南运到上海本应告一段落，此时正好有提案说要送到英国展览。这是故宫文物的首次海外展览。

当时欧洲受到清末流出文物的刺激，兴起一股中国艺术风潮。英国、法国、北欧等地商人纷纷开店，王公贵族竞相购买中国的陶瓷器。其中有些收藏家发起提议在伦敦举办中国艺术国际展览会。并向伦敦的驻英大使馆提出了故宫收藏品的出展邀请。这在国民政府内引起了众多议论。虽然有赞成者认为："这是向世界宣传中国文化的最好机会！"但也有反对者担心："如果在海上遇到事故或海盗怎么办！"另外因为国民政府向英国借贷高额借款，也有人担心故宫文物会被扣押。

最后是积极派坚持，提出使用英国军舰运送及故宫专家装箱护送的条件，英国方面表示同意。此间还曾经留下这样的传说，当时英国主办方曾问过罗伊斯保险公司（Royce）的保险金额，结果对方回答"超出本公司的能力"，不愿承保。英国方面很高兴用军舰运送，于是英国海军巡洋舰萨福克号（H.M.S.Suffolk）从香港到了上海。战后故宫文物到台湾以后，赴美展览也是采用军舰搬运文物的方式。

此次英国展览的准备委员会召集人，由英国国王乔治五世和国民政府主席林森担任，这是前所未有的国际展览，拉高至两国政府的层级。

执行委员会主席由曾任国际联盟中国东北调查团团长的利顿爵士（Earl of Lytton）担任。展示作品也有来自英、法、德、美等国收藏的中国艺术品。故宫的七百三十五件加上其他博物馆挑选出的文物，共计一千多件，在1935年6月运抵英国。

那志良等四名故宫职员并未搭乘萨福克号，而是从上海搭客轮前往英国。他们途经新加坡、斯里兰卡、亚历山大港（埃及）等地，靠港时就上岸观光，大约一个月后抵达伦敦。11月起故宫文物展开为期十四周的故宫英国展览，受到极大的好评，可以说是非常成功。

大陆向西再向西

从伦敦和文物一起回到中国的那志良，紧接着又开始忙着把文物从上海搬到南京。南京的"朝天宫"是明代的宫殿,当局决定在此设置南京分院。明代初期将首都定在南京时,朝天宫是文武百官演练觐见皇帝之仪式的地方。这时,中国已用当时最牢靠的钢筋水泥建好三层楼的文物仓库,该仓库装有换气及温度调节设备,还有地下仓库作为紧急避难之用,不怕炮弹攻击,是个非常适合保管故宫文物的场所。

然而当这些离开北京、辗转一千七百公里、历经三年流浪期的文物,正准备好要搬进去时,又发生了震惊中国的大事。

那就是卢沟桥事变。1937年7月7日在北京郊外卢沟桥,日军和国民政府军发生冲突,国民政府军原本采取回避和日本全面冲突的做法,至此已了解到必须进入真正的战争了。8月时发生淞沪会战(又称八一三战役,日本称为第二次上海事变),江南一带情势极度紧迫,日军攻击首都南京的危险日增,文物必须再度搬迁。从北京南下的文物,这次不得不向西运送。这个阶段称为"西迁",主要分为三条路线。

曾运到英国展出的故宫精华文物八十箱,8月时首先被送达位于长沙的湖南大学图书馆。那志良等人搭船从长江逆流而上到湖北省汉口(武汉),再走陆路进入长沙。从南京一起运到长沙的还包括政府重要文件,因此一度有流言传出,认为国民政府可能打算把首都从南京移到长沙。

不过当时大部分的文物还放在南京的仓库,随着战况愈来愈吃紧，高层下达了文物全部疏散的命令，人在长沙的那志良接到要他赶回南京的急电。第一批送到长沙的八十箱文物也要继续往西送，并被分为两个部分。

第二批文物在 1937 年 12 月上旬走水路从南京被运到汉口，运抵汉口的文物有九千三百三十一箱。第三批七千二百八十八箱则是走陆路，到西安西边的陕西省宝鸡。南京是在 12 月 13 日被攻陷，所以可谓是千钧一发。事实上运到汉口或宝鸡都不是事先安排的，而是搭乘的火车或船舶正好行经这些地方而已。情况危急，几乎没有什么准备的时间，在战乱时要疏散大量文物的困难可想而知。

七千二百八十八箱走陆路到宝鸡的文物，被安置在城隍庙和关帝庙两处。这两座庙都是地方的宗教设施，在地方小镇上，佛教道教的建筑是当地最豪华和最坚固的，这在中国并不稀奇。

从宝鸡往东走就是大城市西安，而且不知道何时会变成日军的攻击目标。那志良负责护送陆路的文物，由于担心文物的安全，他将文物运到离西安更远的陕西省汉中郊外的宗营镇。

虽然是战时，但那志良还是设法让地方政府调来二十台搬运用的卡车，将文物从宝鸡往宗营镇接连不断地运送。但是正逢冬季天候不佳，输送队伍常因大雪而无法动弹。由于走的是山间小路，人烟稀少，缺乏粮食，护送的人都已做好在半途殉职的准备。运送过程本身的艰辛也就罢了，身后还有一路向西的日军追兵，文物也就被逼着一路往西再往西。

长沙的八十箱文物被运到贵阳，再被送到离贵阳约一百公里远的安顺洞窟。走水路到汉口的九千三百三十一箱被运往四川重庆，走陆路到宝鸡的七千二百八十八箱则经过汉中郊外再被送到四川成都。汉口被日军攻击，重庆也危在旦夕，重庆的文物只得再往西迁到乐山，成都的文物则再往西迁到峨眉，每条路线都是马不停蹄。紧急的避难行动和中日战争展开的节奏完全一致。

重庆的文物从长江逆流而上，来到长江支流的岷江，再运至乐山，而成都的文物都走陆路。那志良在成都每天奔忙于指挥运送、分配卡车及捆装文物。

当时所有的文物都处于"千钧一发"的险境，那志良回想道："最后一卡车从成都出发不久，日军的战斗机就到了成都上空，炸毁机场。天气晴朗，日本空袭机群飞得很高。"

从成都到峨眉直线距离超过一百五十公里，但是道路崎岖险峻，载着文件的卡车也曾经半路跌落到小河里，幸好文件都没有被损坏。那志良说：这是一条最艰辛的道路，而且还要烦恼没东西吃。

运送到峨眉的工作告一段落，那志良就被派去负责重庆到乐山的运送。护送队伍人手严重不足，本来随文物疏散的故宫专门人员就只有十多人，其中熟稔文物种类及捆装技术的更少。那志良等职员可说是过着不眠不休的日子。

那志良诉说搬迁文物的辛苦之中,最苦的是"调度粮食特别困难"。在四川省想找米饭,就只有夹杂着砂和稻壳的灰色东西。买馒头也只有黑的,"实在很难下咽"。

在文物疏散的最后阶段,还有更加危险的事情正等着那志良他们。走水路的九千三百三十一箱文物运抵乐山郊外的安古乡,但因为河面很窄,必须从岸边逆流拉纤引小木船向上。一次那志良等搭乘的小船遇到急流,与船相连的绳索断裂,船被卷入急流之中,所幸船没有翻覆搁浅,人命和文物都没有损失。

为了保护文物,卡车都行驶得很慢,因此一百公里的路程有时要走上半天或整整一天,道路塌陷、轮胎脱落也是常有的事。即使走水路,分散于各小船的文物也经常遇到危险。不过虽然如此,这些文物在运送途中几乎没有遇到破损或遗失。

从北京出发,历遍超乎常人能够忍受的困难,坚持护送文物的那志良等故宫职员,在这个过程秉持着的一个信仰就是——"文物有灵"。到现在故宫仍传承着这句话,不难想象,故宫职员在守护国宝度过每个危机的一瞬间,脑海里会自然涌出这句话。

文物疏散工程结束后,那志良在峨眉的保管场与文物共同生活了七年。日军的攻击始终未到达峨眉或乐山,那志良

第三章 漂泊的文物　95

等人得以暂且过着安宁的日子。1945年日本投降，1947年文物全数回到南京的故宫博物院分院。

南京和北京迄今仍"互不相让"

在此我们来梳理一下故宫文物流转的路径和时期。1933年因与日本关系恶化，故宫博物院的文物走铁路从北京经南京到上海。加上古物陈列所等地的文物，总数达到一万九千五百五十七箱。

当1937年日军接近上海之际，赴英展出的精华文物八十箱，经过湖北汉口、湖南长沙，于次年被疏散到贵州省贵阳。更在1939年被运到贵阳郊外的安顺洞窟。因为战火又延烧到安顺附近，1944年被送进四川省的偏僻乡下巴县避难。

剩下的文物中，1937年九千三百三十一箱走水路沿长江逆流而上，一度被安置在四川省重庆，1939年再走水路被运到四川省的乐山。

另一方面，走陆路的七千二百八十八箱从南京北上徐州，再往西到达陕西省宝鸡，但是停没多久，又再走陆路到四川省峨眉。

1945年日本投降，疏散到巴县、乐山、峨眉的文物都一度聚集到重庆，之后走水路沿长江向东而下，1947年时回到南京。

以上就是故宫在整个中国流转的全貌。

从文物的箱数来看，八十箱加上水陆两路运了一万六千六百一十九箱，总共不过是一万六千六百九十九箱。但是南迁时的文物有一万九千五百五十七箱，剩下的两千八百多箱哪里去了呢？

事实上是因为战乱中装箱不及时，一直被留在南京仓库里。

后来中国换到共产党执政后，政府设立了南京博物院保管留在南京的文物。不过北京的故宫博物院不断地向南京博物院要求"返还文物"，但是南京博物院无意放手，一直拒绝其请求。

我和南京博物院的前院长梁白泉在南京见面。梁先生是1928年生，1951年进入南京博物院，1998年退休前，一直在南京博物院里任职。担任过研究员、副院长、院长等职位，这号人物正是南京博物院的活字典。

针对南京博物院拥有的故宫文物，梁白泉说："南京的确有两千箱文物，现在也还在，这是个非常复杂的问题。"

这批文物大半是陶瓷器，以明清制造的为主。"所有权"在北京故宫博物院，"保管权"和"使用权"在南京，南京博物院是这

>> 南京博物院（作者提供）

样解释的:"在50至60年代,为了留在南京的两千多箱文物,我们历任院长曾经拜会北京很多次,向北京的故宫博物院表示,我们暂时保管这些文物。故宫拥有所有权,这是毫无疑问的,只是现在没有必要送到北京,或者过几年后再送回去,北京方面也表示理解。但是基本上都是口头上的承诺,没有留在正式的公文记录里。"

简单说,南京就算是强词夺理,也不想还给北京。北京故宫每换一任院长,就会向南京提一次要求取回文物,但南京每次都拒绝。

90年代南京博物院与北京故宫的关系恶化,甚至须请当时的副总理李岚清出面协调。依据梁白泉的说法:"姓张的北京故宫院长非常强硬,一直要求归还。当时我也是院长,到北京开会偶然相遇,却都没提。这位张院长到处写信,说'南京博物院不讲道理',还说'南京博物院是不是还想再去成立故宫的南京分院'之类的话,我们也反弹,闹得不可收拾,把关系弄得很紧张。"

最后,李岚清说:"别吵了,北京也别闹了,就维持现状吧。"平息了这场风波。

>> 梁白泉(作者提供)

理论上应该把文物还给北京。现在仍约有两千箱故宫文物由南京博物院保管。访问南京博物院时，我看到几件展示出来的故宫文物，但并未特别注明。这也许是中国社会的某种弹性吧。

我在调查文物流转的全貌时，理解了儿岛襄所著的《日中战争》中，之所以让故宫职员那志良这个角色出场的原因。如果没有以九一八事变为开端的东北入侵，故宫文物就不会南运。如果没有中日两军在上海冲突的淞沪会战，就不会有文物西运到四川省。接着，如果日本没有投降，文物就不会回到南京。这意味着如果抽离中日关系，就没有文物的流转。更甚者，如果没有日本，文物就不会流转，日本人等于是改变了文物的命运。

随着清朝灭亡，皇帝的收藏品变成博物馆收藏的文物，这些文物因为战乱，在大陆颠沛流离，并在日本战败后终于回到南京。而且如果顺利的话，本该是要回到文物的故乡，也就是首都北京的紫禁城。

但是，时代并不允许文物返乡。由于国民党与共产党展开竞逐大陆霸权的"国共内战"，中国人自己打起来了，因此文物又横渡了台湾海峡。

第四章

文物到台湾

>> "老故宫"之一,高仁俊(作者提供)

初夏的加州天空,像油彩融化般湛蓝透明。低头一看,绿意盎然的校园一望无际。位于美国硅谷核心位置的斯坦福大学,校园之美在全美国排名前三位。主导故宫文物搬迁到台湾的最高领导人蒋介石,他的一生巨作——《蒋介石日记》即存放于此。

蒋介石是如何看待故宫文物的?从着手调查故宫开始,这个疑问就一直盘旋在我脑中,是挥之不去的一大"难题"。为什么说是"难题"呢?蒋介石有关故宫的发言很少,要推断蒋介石的想法及本意实在不容易。

将故宫文物运到台湾的决定,是当时的中华民国总统蒋介石下达的。然而,当时蒋介石是否已经想到要政治性地运用这批文物呢?或者他是把文物当作人质,算计着与共产党和平谈判吗？对于既是中华民族、又是人类瑰宝的文物价值，他又是如何考虑的？他会不会担心遭遇海难或是被共军攻击，而使得文物永沉海底呢？

更重要的是，就像历代皇帝靠文物找到权力正统性那样，蒋介石对于文物也是怀抱着强烈的情感吧？

>> 存放蒋介石日记的斯坦福大学（作者提供）

翻遍所有在台湾的相关文献，似乎都找不到这些问题的线索。探访许多专家也问不到答案。我也问了2000至2004年担任台北故宫院长的杜正胜，他的回答是："不知道耶。我也很想知道答案，就任院长后，我翻遍故宫所有的数据，就是找不到。"

遍寻不着蒋介石对故宫的想法

由日本产经新闻社出版的《蒋介石秘录》中，有关蒋介石搬迁故宫文物这一段是这么说的，虽然有点长，但我还是全文照录。

对抗日本侵略的准备，不只是军事问题而已。

特别值得一提的是，集合中华文化精粹的故宫文物要免于战火，此时须护送至南方。

故宫的文物，当时是在北平。日军的战火从热河扩至华北，文物遭到破坏及失散的危险大增。因此国民政府提早准备决定南迁疏散，从二月六日夜里悄悄从故宫搬出来，运到南京的朝天宫山洞库房。两个月下来运了一万个木箱。

这个紧急措施其实是非常聪明的。其后，中日战争的战火向全国扩散，直接把木箱分散送往四川省乐山、峨眉等安全地区，以防有所损伤。中日战争结束，暂时回到南京，不久后因与共军战况恶化，在1948年底运送台湾。

故宫文物象征了中华民族五千年的文化，得以免于战火，俾使我们中华民国得以继承下来。

这篇文章不带思想或情感，像是一篇官样文章。我不认为这是蒋介石本人所写。平铺直叙，仅淡淡地陈述来龙去脉，像是一篇故宫简介，实在很难从这里推断出完成人类文明史上难得一见的重要文物大搬迁的男子汉气概与热情。

如此一来，只能直接询问蒋介石本人，但是他已经不在这个世上，正愁无计可施之时，我看到一则新闻，《足不出户的蒋介石日记开始对外公开》。

蒋介石是一位少见的日记狂。他1917年开始写日记，当年三十岁。他此时赴日留学归国，刚刚步入军旅生涯，并以文武两道为目标，怀抱梦想，希望当一个理想的领袖人物。蒋介石从写日记开始定位领袖的修养。

日记是直式的笔记本，每日一页，使用毛笔书写。有时连空白的地方也写得满满的。周末或月底时，会记录、反省并制定下周或下月的目标。

蒋介石的字迹潦草，不易阅读。虽然如此，但还是可以看得出来，当状况安定或心情好的时候，笔迹较为工整。如果战况不利、被政敌相逼，运笔就显得粗犷潦草。很多字认不出来，或要花时间慢慢琢磨才认得出来。

蒋介石在1972年遭遇交通意外后无法视行公务，直到1975年逝世，这段时间就没有再写日记了。但是，在1917至1972年的五十五年当中，从北伐、中日战争到国共内战等，就算环境非常险恶紧迫，仍持续书写日记，可以说他是一位意志极为坚强、不屈不挠的人。

我认为蒋介石长期以来作为最高领袖的最大能力，就是不屈不挠。

1949年失去中国大陆时，蒋介石已身心俱疲。但是他仍不放弃，意志坚定地寻求东山再起，才因此在台湾成功掌权。他对政敌赶尽杀绝，掌握党内权力，厚植台湾经济实力，严苛镇压反国民党势力。虽然没从共产党手中"夺回中国大陆"，但在开发型专政的安定统治下，将台湾培育成为"亚洲四小龙"之一，这一点值得正面评价。

我读到了蒋介石的日记。日记是由斯坦福大学胡佛研究所保管的。胡佛研究所是以中国近代史的史料研究闻名的机构，保管了宋子文等中国近代重要领袖的日记。在台湾民进党上台执政以后，担心日记安全的蒋家在2004年，委托胡佛研究所负责日记管理及对外公开事宜，为期五十年。

在已实现"民主化"的台湾，蒋家为何会担心日记安全，外界可能有点难以理解。十年前，不过是个小型在野党的民进党竟然夺得执政权，令传统的国民党领导阶层受到巨大的冲击。陈水扁将蒋介石称为"杀人魔王"等的攻击性言论，也是令蒋家感到害怕的原因之一。

胡佛研究所将日记摄制为缩微胶卷分阶段公开，2007年时公开1945年以前的日记，2008年7月时公开1946至1955年间的日记。这段时期蒋介石已决定撤退到台湾并开始行动，应该会有相关的记录。

研究所对于日记的管理极为严格，禁止携带计算机、摄影器材，不准影印，只能用手抄写。我在研究所的数据室花了两周时间，读完已公开的十年间的日记。尤其是决定将故宫搬到台湾的1948年底那段期间，蒋介石已值危急存亡之秋。我在日记中读到蒋介石详细描述其如何用尽一切手段将黄金运到台湾，然而却没有发现任何谈到故宫的只字片语，完全不符合我原先的期待。

对于蒋介石极少提到故宫这件事，感到怀疑的不只是我。

钻研文化论的拓殖大学井尻千男教授也是,他在他从艺术及政治角度研究故宫搬迁的杂志论文中指出:"没有迹象显示蒋介石这个人曾思考过权力正统性的问题,或者特别觉得为此烦恼……故宫文物搬迁台湾与蒋介石密切相关,但是这个历史性事业的意义,蒋介石却完全没有提过",并批评蒋介石"政治理论的匮乏相当明显"。

2011年元旦,我再度有机会访问胡佛研究所,浏览了1965年台北故宫设立前后的日记,但依然没有发现相关的描述。决定故宫文物搬迁到台湾是在文化史上留下记录的一桩大事情,实在很难让人相信其指导者在理论上是"匮乏"的。

因国共内战而急转直下的文物命运

既然蒋介石的心理不容易分析出来,我们就只能先细察故宫搬迁台湾的决策过程了。

搬迁至台湾的文物,虽然统称"故宫文物",但其实这些重要的收藏品来自国立故宫博物院、国立中央博物院、中央研究院历史语言研究所、中央图书馆等不同的研究单位及保管机关。这意味着这次搬迁的不仅是作为单一文化机关的故宫,而是中国整体文物的大转移。

1945年日本投降后,疏散至四川省的故宫文物在1947年终于回到南京,然而在计划"返回故乡"之前,促使下一次

"流转"的历史脚步声却慢慢接近。

日本投降后,国共内战开始。两党共同崇拜提倡民族主义的孙中山,却在中华民族内部开始互相残杀,这是一件极端讽刺的事情。1936年发生西安事变,张学良将军监禁蒋介石,与周恩来共同要求蒋介石停止攻击共产党,并展开国共合作。但结果是这两个互不兼容的队伍,都以消灭对方为目标,于是在1946年点燃了战火。

直到1947年以前,国民党因为有美国援助的现代武器,所以具有优势,但是到了1948年,毛泽东率领的共产党夺回东北地方,一举抢得有利位置。站在国民党背后的美国,在国共内战中采取中立的立场,与蒋介石保持距离。另一方面,共产党持续接受苏联提供的资金及武器援助,这也是两者分出胜负的背景之一。

1948年秋天,在双方决一死战的"淮海战役"(国民党称徐蚌会战)中国民党军大败。这一仗决定了共产党占领长江以北的大势,南京、上海的命运宛如风中残烛。故宫文物不能继续放在南京,这样的说法开始在国民党政权之间扩散。

根据记载故宫正史的《故宫七十星霜》中所言:"故宫的理事为了文物的安全,频繁召开会议讨论疏散事宜,但究竟迁往何处为最上策,一直没有最后的结论。"也就是说,刚开始并未提到要去台湾。

也有重要人物反对将故宫文物从南京送到偏远地区避难。

那就是当时故宫的理事长兼行政院长的翁文灏。翁文灏反对的理由是，那个时候国民党和共产党正在进行和谈协议，如果迁移文物会对民众心理造成不良影响，甚至波及和谈。而把重点放在故宫文物安全上的文教官员及故宫专业人员，则主张尽早搬迁以防不测。

当时的中央图书馆馆长、后来出任首任台北故宫院长的蒋复璁，在回忆录里曾记载这样一段话。

某日，蒋复璁到教育部，向教育部次长田培林确认搬迁事宜。田培林如此主张："中央图书馆在重庆有仓库，可以去重庆。"但是蒋复璁不赞成，他说："我的想法和你不同，共产党出身山区，他们对于高山的状况比我们更为熟悉。过去对付日本机械化部队时，将战场拉到高山地区来作战是正确的，但是和共产党在高山对决，我们只会变成他们的囊中之物。"

其后，蒋复璁向另一位教育部次长杭立武转达搬迁到台湾的想法，并在笔记里记下"杭立武十分赞成"一句。因此可知，蒋复璁是主张搬迁到台湾的提案人。

然而实际上，事情不是这么简单。当时国民党军内部腐败，士气低落，蒋介石及其周遭的人似乎已预测到内战将有悲惨的结局。故宫相关人员开始感到恐慌也是理所当然，可想而知他们为该撤退到哪里去绞尽脑汁。

蒋介石的日记也有记载。此时，他已为节节败退的预感所苦，考虑撤退地点是最为心碎的事。要像抗日战争时，把对手引入四川省或云南省之类的内陆地区？还是运用海洋，与中国大陆保持相当的距离，选择有利于防卫的岛屿，如渡海到台湾或是海南岛？我认为1948年秋天以后，蒋介石和幕僚讨论决定故宫搬迁之时，大致就已经决定选择台湾作为军事撤退地点了。

这么说是因为故宫文物移至台湾前，国民党就已经开始把空军等重要部队转移到台湾了。所以把文物送到台湾与其说是蒋复璁的建议，不如说是蒋介石自己的意思。

要求文物避难的声音愈来愈大，以至于反对迁移的翁文灏也同意在南京的国民政府行政院长官邸召开紧急会议。这一决定性的协商于1948年11月10日举行。会议有八人参加。包括召集人翁文灏、教育部次长杭立武、中央研究院历史语言研究所的傅斯年、教育部长朱家骅、外交部长王世杰、蒋复璁等人。由杭立武主导会议的进行。

虽然是非正式会议，但却是左右故宫文物命运的一次讨论，所以现场气氛紧张。经过长时间激辩，众人决定从故宫文物中选出六百箱运至台湾，由杭立武担任总负责人。翁文灏虽不赞成，但是依据当时的数据显示，其他出席者全部同意。蒋介石也承认这项决议，于是国民党当局正式决定将文物搬迁到台湾。

蒋介石扛下战况恶化的责任，在这个会议的两个月后，也就是1949年1月辞去总统职务。副总统李宗仁与蒋介石两人不和，李主张国共和解，所以此时由副总统李宗仁代理，国共双方展开和谈。所以倘若搬迁晚几个月决定，恐怕故宫文物不会如此顺利运到台湾，因为李宗仁对此是持反对意见的。

与文物一起渡海的人

决定搬迁以后，当局立即派人着手运送文物的装箱。此时战况已日渐吃紧。文物搬迁的负责人是杭立武。杭立武一方面派部下先到台湾做好准备，另一方面为保全文物安全，提出用军舰运送，经过与海军沟通交涉，得到军方的同意。

海军调来"中鼎舰"，在1948年12月从南京的下关港进入港口。文物搬运的计划本应以极机密的方式进行，但是国民党情报管制松散，下关港聚集了闻讯想逃到台湾的百姓。他们自作主张登上中鼎舰，在甲板上打开铺盖，怎么样也赶不走。

杭立武身为文官没办法处理。于是打电话给海军司令部参谋长请求协助。这位参谋长与杭立武过去是留学英国的同学。参谋长出面联系后，海军总司令桂永清赶到下关港。桂永清动员百姓说："这是运送国宝到台湾的船，我会另外准备给各位搭乘的船。"最后终于成功说服了民众下船。中鼎舰于1948年12月22日从下关港出发。

这批装运的文物分别是故宫博物院的三百二十箱（三千四百零九件）、中央博物院的两百一十二箱、中央图书馆的六十箱、中央研究院的一百二十箱、外交部的重要文件六十箱，合计七百七十二箱。故宫选出最重要的文物避难，首批都是代表故宫的国宝级珍品。其中多数为之前赴英国展览的展出品，经过数度搬移，木箱已多处受损，因此故宫和中央博物院均事先支付了相关的木箱维修费用。

外交部的六十箱重要文件，包含了清朝于鸦片战争败给英国、签署割让香港的历史性文件《南京条约》的原文。这些贵重的外交文书目前存放于台湾的"中央研究院"。

我和搭乘这艘中鼎舰的一位人物，在台湾见了面。

他叫庄灵。是一位摄影家，住在台北近郊关渡的住宅区。父亲是庄尚严，1924年从北京大学毕业后，任职于清室善后委员会。庄尚严是从第二年故宫博物院诞生起，便与故宫共存亡的人物，在故宫文物往南方和西方疏散之际，也常与文物同行。与文物一起到台湾的研究员被称为"老故宫"，庄尚严随着故宫文物一起到台湾，在1969年时从故宫副院长位子上退休，可称为正宗的"老故宫"。

>> 搭乘中鼎舰来台的庄灵（作者提供）

>> 安顺洞窟（作者提供）

庄灵的出生也与故宫渊源深厚，他 1938 年出生于中国西部贵阳郊外的安顺。安顺洞窟内保管了当年参加英国展的八十箱精品，庄尚严也安家于此。其后文物被运至四川。当时年仅五岁的庄灵也与文物一起，被军用车辆运出安顺，他至今仍残存着这些记忆。

我也曾经造访安顺。洞窟现在在佛教寺院华严寺里，我拜托寺院的人领我进去。洞窟从入口处进去就是很陡的下坡，往阴暗的阶梯下去五十阶左右的地方，有一个如小学教室般大小的空间。这个地方即使有空袭也很安全吧。里面湿度很高，但八十箱的东西主要是陶瓷器和玉器，似乎没什么大问题。

领我进去的老伯住在寺庙附近，他说："这里曾经存放着国宝，我当时还是个小孩，父亲在村里挺有声望，所以曾经进来过。军队的士兵在洞窟入口通宵值班站岗。"他带着怀念

>> 领作者进洞窟的老伯（作者提供）

的口气告诉我。

在采访故宫议题时，经常会遇到像庄灵这样的人物。

在台湾，1949年前后从中国大陆渡海到台湾的这群人，被称为"外省人"。意思是从省外来的人。这是因为台湾传统上是中国的省份之一的"台湾省"，相对于此，台湾出生的人便称为"本省人"。1949年前后，两百万的外省人从中国大陆来到台湾。当时的台湾人口约为七百万人。在一个地区如洪水般涌入将近四分之一以上的"他省"人口，很难估计究竟台湾社会受到的冲击有多大。

外省人在政治、军事、经济层面上独占要职，形成支配阶层，统治着台湾社会。本省人对外省人统治的反抗，导致了曾在1947年二二八事件中镇压民众的悲剧。在台湾，将本省人和外省人的对立称为"省籍矛盾"，至今仍是个未解的社会难题。

像庄灵这样与故宫文物一起到台湾的人都是外省人。每次采访他们都会得到一致的印象，就是他们与本省人有些不同。散发着有教养、优秀的气质，经济情况也比较好。他们有一种特质，似乎在自己和别人之间筑着一道看不见的墙。与本省人的亲切、无戒心、大大咧咧的海岛民族性格有所不同。

当然在战后的台湾社会,除了特权阶级的外省人,也有很多较低收入的公务员和军人。故宫职员到底只是低收入公务员的一分子,除了有公务员宿舍等福利外,待遇不是特别的好。然而庄灵也给我身上闻不到"台湾味"的感觉。

民进党人士在进行故宫改革时,曾指责故宫"没有融入台湾社会"。这样的说法对于与故宫相关的外省人来说也许不尽公平,他们并没有错。要完全融入台湾社会,无论是在文化或是生活习惯上,一定都有困难的地方。

少年庄灵一家随着第一批搬迁文物来到台湾。他的家里有父母和三个哥哥,他排行老幺。由于小孩们的央求,连在南京养的狗也一起带来了。父亲当时对家人只说:"我们去台湾。"半点详情都没交代。对于全家人来说,这不过就是继北京、上海、南京、贵州、四川,回到南京,然后再继续下一站旅程的感觉。"母亲也迅速打点行李,感觉就是还要再往哪里去"。由于十五年来不断地在搬家,所以对于陪伴故宫文物的这群人来说,搬家已经是"家常便饭"。

只是不同的是这次他们将离开中国大陆。对于还是个孩子的庄灵而言,要理解中国大陆的辽阔,撤退到台湾意味着失去大陆,实在太难。而且当时大人们也相信,短则几个月,长则几年,他们就会回到中国大陆。

文物都装在木箱里,用绳子固定,盖上油布以隔绝潮气。

>> 台北故宫院长周功鑫带作者参观文物运送来台时所使用的木箱（作者提供）

船舱内没有什么像样的房间可以居住，庄灵他们白天就在甲板上看海，夜里就在装着文物的木箱上睡觉。冬天的台湾海峡，比起春夏都来得波涛汹涌。中鼎舰航行期间天候恶劣，船摇晃得厉害。生长于内陆、不习惯船上生活的人很多，经常有人严重晕船，一瞬间就"吐到没东西可吐"。

不只是白天晕船，到了晚上周围漆黑一片，不安的气氛在船上蔓延。捆箱的绳索因为军舰左右摇晃而嘎嘎作响，吵到无法入眠。

船长受海军司令所托，还带了一条大狗上船，这条大狗也不习惯坐船，所以"整晚狂吠，真的很吵"。庄灵的母亲抵达台湾后，身体就整个垮下来。

历经五天四夜以后，船舶抵达台湾北部的基隆港。庄灵的父亲在这次渡海前曾到过台湾一次，回家时带了很多虾米作为礼物。庄家对于台湾的印象是："海产丰富的地方。"庄严说："现在回想起来，我们是政治难民。但是当时认为只会去台湾一阵子，当然不觉得自己是政治难民。大概只有父亲了解当时的情势并有所觉悟。母亲是不喜欢新政权，不过这些话都是后来才听母亲说的。"

抵达后，父亲忙着奔走寻找保管文物的场地，找到铁路局，借到位于现在国际机场附近桃园县杨梅的一座仓库。全家也搬到杨梅，在仓库里和文物一起睡了十天左右。当时是冬天，虽是南国台湾，但是早晚还是很冷。一早他们不得不烧炭让仓库的空气变暖，吃饭就靠美军补给的罐头充饥。猪肉罐头是"从没吃过的美味"，庄灵至今仍印象深刻。

在台湾，美国的援助简称"美援"。刚开始采访时的一段时间，我都没搞懂这个词的意思，而后来每次听到"美援"两字，就感觉到会勾起台湾人的回忆，就像日本人对于同盟国军最高司令官总司令部（GHQ）的巧克力的感情一样。

第二批文物也包括世界最大规模的丛书《四库全书》

第二批到台湾的文物原来也是预定用军舰运送，但是由于战况恶化，海军无法调度军舰，因此借用商船。借到的船是"海沪轮"，光是等待船到南京就花了一段时间，相关人士都十分焦急。

　　1949年1月3日海沪轮终于进到南京下关港，4日开始搬运文物。故宫博物院有一千六百八十箱、中央博物院有四百八十六箱、中央图书馆有四百六十二箱、中央研究院有八百五十六箱、北平图书馆有十八箱，合计三千五百零二箱。在共计三次的文物搬迁中，这次规模最大。

　　这次搬运的文物中，也包括清乾隆年间编撰的、几乎涵盖中国一切古籍的《四库全书》。《四库全书》是乾隆皇帝下令编修的，该书除了不利于清朝统治的禁书之外，收录当时中国所有的图书编纂而成，可说是中国规模最大、也是世界规模最大的丛书。动员四百名学者，参与编撰的人达四千人。光是目录就有两百册，全书有三千六百多册、十亿字，堪称是超级巨无霸图书。

　　历史到底为谁所有——这样的命题经常在中国史上受到瞩目。历史为胜利者所写，下一个胜利者又改写上一个胜利者的历史。虽然如此，但司马迁的《史记》之类的佳作还能留下，也是中国内涵的深度。

《四库全书》制作了七套正本和一套副本，存放于中国各地。中国的历史是用文字传承的。中国人心中认为只有文字最能体现中华文明。集文字记录之大成的《四库全书》，其命运也同时被卷入中国近代史的悲剧中。

该书正本各以其所在地之书库名称为名，包括北京紫禁城的"文渊阁版"、圆明园的"文源阁版"、避暑胜地热河离宫的"文津阁版"、清朝古城沈阳离宫的"文溯阁版"、镇江的"文宗阁版"、扬州的"文汇阁版"、南方文化中心杭州的"文澜阁版"。

其中文源阁版在1860年英法联军发动攻击时，与圆明园一起被烧掉了。镇江的文宗阁版在鸦片战争中损坏了一部分，1853年太平天国之乱时完全损毁。文汇阁版也在1854年时遭到破坏，文澜阁版也有部分损坏。剩下的三部则完整保存下来，北京图书馆保管文津阁版；甘肃省图书馆保管文溯阁版，而台北故宫则保管当时船运至台湾的文渊阁版。

我也与搭乘第二班船来台的人物在台北见面。故宫职员高仁俊，他是少数见证故宫搬迁且仍在世的人，经常接受媒体采访。2009年采访时，他已八十七岁高龄，早就退休了，但几乎每星期都到故宫，和以前的同事一起抽烟聊天，这就是一辈子与故宫相伴的人的晚年写照。

出生于四川省的高仁俊是四川省艺专毕业的，原来任职于中央博物院，和文物一起来到台湾。跟许多故宫职员一样，都认为"半年后应该会回去"，但事与愿违。

"到台湾十年后，仍没想到下半辈子会在台湾过。所有的故宫职员都相信，总会和文物一起回到中国大陆的。但现在已经不这么想了，想也没意义。让时间决定一切吧。时代会怎么转变，我们也不知道。虽然如此，保护文物、保存中华文化，这份工作真的很有意义。"

高仁俊到台湾时才二十出头，当初一起到台湾、现在还在世的，只剩高仁俊一人。高仁俊和故宫文物一起搬到台中，后来在台北故宫做到退休。人生的历程与故宫休戚与共。

高仁俊提到一些有趣的往事，内容从蒋介石到民进党时期的杜正胜院长。"台北故宫刚开馆的时候，蒋先生每个礼拜都过来一次。他不是来看东西，就是习惯性地来看一下，蒋夫人也一起来。夫人喜欢画，她都是来看画。当时传言说蒋夫人把故宫文物运到圆山饭店，这是不可能的。库房都有好几层的关卡，连院长副院长都没有钥匙。杜正胜是个讨厌的家伙。他对故宫说了一些过分的话，人事方面也有问题，政治色彩强，偏向民进党。当然也有他的长处……他不是专家，不会过问内部管理的事情。就是把蒋先生的铜像撤掉了。"

高仁俊笑着说："保护文物就是保存中华文化，这是一份很有意义的工作，比较遗憾的就是薪水太少。"

第三次文物搬迁计划在 1949 年 1 月下旬进行，下关港的码头工人一度以农历年休假为理由，不愿搬运文物。在支付特别津贴后，码头工人才同意行动。这次的船是"昆仑号"，民众听到有船要去台湾，便蜂拥而至港口。这次拒绝不了了，多数的民众已挤在船舱。船上已堆满政府相关的物资，原本预定要运送的两千箱文物也进不去。在甲板、餐厅都堆满的情况下，勉强装进故宫博物院的九百七十二箱、中央博物院的一百五十箱、中央图书馆的一百二十二箱，共计一千二百四十四箱，只运了预定的六成。

1949 年 1 月 30 日出发的昆仑号，为天候不佳所苦，在中国南部广州靠港修船，原定三天的行程花了二十天，好不容易才抵达基隆港。那志良也在这艘船上。那志良等人抵达港口等待上岸时，看到许多卖香蕉的小船靠过来。香蕉的价格比在大陆便宜超多，而且可用大陆的钱币支付，于是一时间船上的人争相购买香蕉。

基隆港是三面层峦环抱的天然良港，天晴的时候，山的绿色和海的蓝色映照在眼前，非常漂亮。我也曾多次到此采访，认为这是台湾最美的港口。对于从大陆与文物一道来台的人们而言，基隆港的美丽风景和物美价廉的香蕉，也许多少缓和了他们将在未知土地上生活的不安。

那志良在回忆录里这么写道："听说台湾苦极了，只能吃香蕉皮，根本不是那么回事嘛！"

是"造反者"还是英雄？

本来说要分七批运送到台湾的文物，结果运三批就结束了。对国民党当局而言，此时战况急速恶化，1949年春天时，战线整个瓦解，已经不是搬运文物的好时机了。

这个时期，故宫内部出现了"造反者"，他就是故宫院长马衡。杭立武等人电报指示北京的马衡飞往南京，同时要求他从还留在北京的文物中选出珍品，空运到南京，之后再转送台湾。但是马衡以自己患有狭心症为由，顾左右而言他，迟迟不肯前往南京，虽然做好珍品的目录呈送南京的行政院，但是却对北京的职员说安全第一，不急着打包装箱。

此外在首批文物搬迁时，当马衡知道是由他在北京大学当教授时教过的学生庄尚严负责护送，还曾经写信给庄尚严，劝他说："不要接下这个工作，不然我就跟你绝交！"1948年底，北京战况惨烈，于是故宫把所有对外联系的门全部封闭，不准装箱的珍品外流。马衡以自己身体健康欠佳为由，继续推脱去南京之事，直到1949年1月共产党军队进入北京。

从国民党当局的角度看，马衡的所作所为就等同于背叛，在《故宫七十星霜》中作者以"胁迫庄尚严"、"消极地妨害搬运"等用词，严厉批评马衡。然而从中国共产党的角度来看却大不相同，因为马衡的英雄行为，把文物从蒋介石的魔掌中救了出来。

北京故宫出版的《故宫博物院八十年》，该书以编年史的方式介绍故宫的历史，内容称赞了马衡"以文物安全为托词推延时间，巧妙而坚决地抵抗国民党政府文物运往南京的指示，抵制北京故宫文物运台"。历史评价随着立场不同而呈现出完全相反的样子。被认为保护文物有功的马衡，也在新中国成立以后到1954年间，一直担任北京故宫博物院院长，并于翌年1955年过世。

分三次海运到台湾的故宫文物共计两千九百七十二箱，包括陶瓷器及书画共一千四百三十四箱、图书一千三百三十四箱、宫中文书档案两百零四箱。与北京运出时相比较，大约减少两成，但是那志良等专家挑选的珍品大致都在。

现在文物搬迁到台湾已经超过六十年，渡海的文物不曾再踏上中国大陆的土地。而当时没有一个人想象得到会是这样的命运。

除了三班的船运以外，还有其他文物运到台湾。总结这些文物搬迁台湾的故事，有段逸事值得一提。

张大千是一位著名的画家，1899年出生于四川省，战后渡海到台湾，他本人才华横溢，国画是他的专业，但他也曾到日本京都学习染织，是个多才多艺的人，他制作仿画的精湛技艺也很有名，在中国绘画界是个另类。他从1940年起，曾花了三年临摹敦煌壁画，发表过说得上是敦煌壁画临摹版的作品。

杭立武此时完成了故宫文物运送台湾的大事，从教育部次长升为教育部长。1949年12月在四川省成都的机场，他登上国民党政府的最后一班飞机即将起航飞往台湾。此时蒋介石和夫人宋美龄等人都已到了台湾。这班飞机上除了杭立武，还有"行政院长"阎锡山、"政务委员"陈立夫等重要官员，正要起飞时，忽然见张大千搭车飞奔赶到机场。

张大千抱着数百张敦煌壁画，对杭立武说明这些壁画的绘画价值，希望运到台湾，当作贵重文物予以保存。飞机已满载人员和行李，机长说已经没有空间可以再放张大千的画了。但张大千态度坚决，杭立武没时间犹豫，于是决定舍下自己的三件大行李箱。究竟在行李箱中装有多么贵重的东西，杭立武没有留下任何说明。杭立武舍下自己的行李箱，但向张大千提出条件："这些画到台湾以后要捐给政府。"

张大千允诺，并在名片上立字据作为约定。张大千后来移居香港，在欧美人气也相当兴旺，1978年定居台湾，1983年过世。杭立武用三件行李箱换来带到台湾的敦煌壁画，现在收藏在台北故宫。

庞大的文物运到台湾，中文说的"一甲子"过去了，文物至今仍在台湾。国民党"反攻大陆"失败，共产党也没能成功统一台湾。因此故宫分别在大陆和台湾两地诞生。

第五章

迈入"两个故宫的时代"

>> 已成为荒地的北沟仓库遗址(作者提供)

在气温超过三十摄氏度的中国古都南京，我一边挥汗如雨，一边总是疑惑自己正置身台北故宫。2008年5月27日，我来到了中国革命之父孙文的陵墓"中山陵"。"中山"源自于孙文的别名——孙中山。在中华世界里，孙中山比孙文来得通用。中国广东省的中山大学是因为孙中山而命名，台湾所有的城镇几乎都有的"中山路"，也与孙中山相关。中国人的名字有点复杂，孙文，字"逸仙"，号"中山"。在日本，较常使用"文"，不知从何时开始都称他为孙文。而欧美多称他为孙逸仙（Sun Yat-sen）。孙文曾是清朝全国通缉的革命家，因此曾使用过许多不同的名字。

中山陵就在我眼前数米处，台湾的国民党主席吴伯雄带着大队人马，有点福态的身躯摇摇晃晃地往前徐行。中山陵建在小山丘上，要爬三百九十二层台阶，吴伯雄的心脏有问题，能否登上中山陵着实令人担心。但是就在几天前，国民党刚夺回失去八年的执政权，这是在自己的指挥操盘下获得胜利的，吴伯雄心情极好，所以还是完成了几乎像爬山运动一样的中山陵参拜。

吴伯雄在政党交替之后立即访问大陆，令人预测到民进党执政时期冷却的两岸关系即将有所变化。包括我在内的驻台媒体，都参加了这次的行程。

在政治体制互异的大陆与台湾，孙文是少数在两岸共同拥有正面历史评价的人物之一。国民党重新上台后，台湾重量级人物首度大陆访问地点，选择在南京中山陵，绝非偶然。

但是我关心的不只是这些政治上的动作。在我的脑海中，响起台湾学者蒋伯欣的话，他告诉过我台北故宫和南京中山陵之间，存在着"建筑上的相似性"。

台北故宫为何称为"中山博物院"？

台湾的年轻学者蒋伯欣，专攻艺术史，在台南艺术大学里当助理教授。我过去调查故宫的政治角色时，对于蒋伯欣的论文《"国宝"之旅》很感兴趣，特地到台南去见他。

论文内容主要是调查曾为清宫收藏品的故宫文物，在中国近代史上因为政治而被定义为"国宝"的过程，论证了台北故宫在设计、名称等方面，投射了中国革命的象征性人物孙文的身影。和蒋伯欣详谈之后，了解到中山陵和台北故宫在外观上极为类似。

蒋伯欣是蒋渭水的曾孙。在日本统治时期的台湾，蒋渭水主导争取台湾人的权利，是社会运动领袖，广受尊敬。马英九先生也以他为楷模，每年都出席蒋渭水逝世纪念日的活动。

曾经去过台北故宫的人应该可以回忆起这样的景象吧。到达博物院后，入口是白色大门的"牌楼"，接着要经过一段回廊，参观者一面仰望前方的主建筑物，一面往前进。主建筑是典型的中国宫殿式建筑，这前方深处潜藏着的权力象征，令人心生敬畏。

台北故宫是文化设施，基本上与权力机构互不相干，但建筑却兴建得很像中山陵，原因何在？

对于我的疑问，蒋伯欣是这样回答的："故宫的国宝和国民党政权一样，都在中国大陆各地流浪漂泊，好不容易最后到了台湾。那个博物院，不得不融入中华民族的荣耀、对大陆的乡愁和对战争的历史记忆。"

同时，孙文是完成中国革命的伟大人物，理应成为文物的守护神。应该是把这样的意象图案，融合于台北故宫的建筑中了吧。在第一章已提到孙文铜像的现状，但台北故宫和孙文的关系匪浅，还有一些其他证据。

台北故宫的正式名称是"国立故宫博物院",但如果仔细注意博物院正面,也可以看到"中山博物院"的招牌。也就是说,建筑物的名称是中山博物院,行政组织"国立故宫博物院"借用中山博物院的建筑物,这可说是一种不可思议的状况。

蒋介石到兴建中的台北故宫视察时,好像曾提到:"何不用孙中山的名字?"当时是蒋介石主导的威权主义,台湾处于国民党一党专政的最盛期,不可能出现不同的声音。结果本质上和孙文没有关系的台北故宫的名称,就变成了"中山博物院"。

故宫的开馆典礼也选在孙文的生日,纪念孙文百年冥诞的1965年11月12日。依据数据显示,当时故宫最高层的博物院主任委员王云五说:"有一天必会实现'反攻大陆',这里所藏故宫的文物应该会迁回大陆故宫紫禁城。但是此一建筑将被保存下来,用来永远纪念国父。"

战后在台湾担任"教育部长"的王世杰也说:"回到大陆时,故宫文物也会回到大陆,把复制品留在台湾。"

光从这些发言来看,放在台北故宫的文物要回到中国大陆,毫无疑问是当时台湾的既定政策。故宫文物回到大陆时,"故宫博物院"将从台湾消失,名称就应该会改成中山博物院。

中国的现代是始于1911年到1912年发起的辛亥革命。完成辛亥革命的最大功臣是孙文。孙文是正统中华的继承者,继受孙文精神和传统的政体,不是在大陆,而是在台湾——对于政治权威正统性极端敏感的蒋介石,是想按照这个逻辑把故宫文物作为正统性的文化证明,继承孙文的人文精神,积累历史证明,以便再三强化自己的权威。我只能这样猜想。

台北故宫建筑与当时的国际情势

台北故宫在1965年兴建于台北郊外的外双溪。因为台北气候潮湿并不适合保管文物,当初选定地点时,也曾有反对意见。但是,考虑到为了运用故宫这个一流观光景点向国际社会宣传,大家觉得若选在台北以外的场地,将不利于聚集观光客,因此还是在台北兴建。

在这之前,故宫文物被保管于台湾中部——台中县雾峰乡的北沟。当时台湾还没有"故宫博物院"。北沟虽有陈列室,但是基本上以妥善保管为目的,是为有一天返回大陆做准备。台北故宫的落成之后,从1933年开始到处流浪的故宫文物,虽说周遭人全然认为一切只是"暂时",但总算先有了安居的场所。

在台湾动手兴建台北故宫时,台湾情势正面临一个重要的转折点。

控制中国大陆的共产党当时势如破竹,不愿放过1949年撤退台湾的国民党，一心仍想要解放台湾。而美国杜鲁门政权1950年1月又提出不介入台湾海峡的方针，因此蒋介石的国民党政权的彻底瓦解，这时候看来只是时间早晚的问题而已。

然而历史就是会偶然向弱者伸出援手。就在美国总统杜鲁门发表了不介入宣言半年后，冷战期间与台湾海峡并列为东亚炸弹库的另一个火种——朝鲜半岛率先被点燃，爆发了朝鲜战争。杜鲁门发表声明称："共军占领台湾海峡将威胁太平洋地区安全，也会对在该地区从事合法必要活动的美军造成直接影响。"于是美国派出第七舰队巡防台湾海峡，致使大陆不可能解放台湾，至此形成两岸对峙的架构。

20世纪50年代两岸均以征服对方为目标，是一个积极展开军事攻击或地下情报工作的时期。美国也通过军事顾问团和中央情报局（CIA），间接支持台湾"反攻大陆"。大陆也曾猛烈攻击台湾实际控制的福建省沿岸的金门岛和马祖岛。

到了60年代，美苏冷战对立持续加深，美中关系也有微妙改善的征兆。美国否定台湾"反攻大陆"方针的态度渐强，大陆方面也将解放台湾定位为"长期课题"。两岸关系陷入胶着，蒋介石实现再次统一中国大陆的可能性逐渐降低。

在这段期间，蒋介石着手兴建博物馆安置故宫文物。

从大陆搬迁来台的故宫和原中央博物院文物，开始被运到台中市区的仓库，后来因为安全问题，又被搬到更安全、人烟更稀少的地方兴建保管设施。

>> 当时赴美参展的箱子，现仍保存在故宫里（作者提供）

新的仓库位于台中县雾峰乡北沟，移入文物后成立"联合管理处"。后来又设置提供民众参观的陈列室，也挖掘山洞存放最珍贵的文物以躲避空袭。有趣的是，这个陈列室是用美国政府亚洲基金会的资金兴建的，也就是所谓的政府开发援助（ODA）。亚洲基金会也支持兴建台北故宫。

故宫文物存放在北沟期间，台湾当局也组织了重要的海外展览。即1961年到美国五大都市的巡回展。这些文物先后去过华盛顿国家美术馆、纽约大都会博物馆、波士顿美术馆、芝加哥美术馆及旧金山笛洋美术馆。这是继1935年英国伦敦展以来，故宫文物最大规模的海外展览，对于台湾的蒋介石当局而言，当时是一项备受瞩目的活动。

为了准备赴美展览，台湾方面由"外交部长"叶公超负责与美国交涉，而负责运送故宫文物的依然是前"教育部长"杭立武。

当时叶公超是这样说明美国展的意义："蒋先生和我殷切期盼实现这次的计划，不只是响应美国美术馆及鉴定专家的期望，也是为了让美国人民对于中国的堂堂历史具有真正的见地。通过展览加深他们的印象，我们是中国伟大文化遗产的保护者。向美国人民的宣传活动，具有巨大的价值。"

基本上"足不出户"的故宫文物冒险到海外展览，并非为了美学艺术的目的，而是存在着强烈的"向美国人民宣传"的政治目的，负责海外展览的相关负责人的发言坦率而重要。

在美国，主要是传统上与国民党有人脉往来的保守派在背后支持故宫赴美展出。《时代杂志》及《生活杂志》的创刊人亨利·卢斯（Henry Luce）是其中代表性人物，卢斯个人更与蒋介石夫妻交情甚笃。

对此，中国大陆反应激烈。根据1955年的《人民日报》，大陆各地博物馆职员发表了联合声明，强烈指责说："美国以长期借出的方式，要求蒋介石集团（两岸对立时代中国大陆对于蒋介石当局的称呼）从台湾运出文物。蒋介石集团运到台湾的文物全都是中国人民的财产，必须归还。"

由于美国国务院顾及到美国展可能影响与大陆的关系，因而态度消极，使得准备事宜大幅延宕，1960年美国政府和台湾签订文物到美国展览的协议，翌年又花了将近一年时间才出展。

保险的情形也与英国展时相同，文物价值过高，没有保险公司愿意担保，从台湾到美国的搬运作业由第七舰队担纲，这是最高层级的待遇。中国大陆一侧更是坚决地展开一系列"蒋介石集团帮助美国政府进行文物掠夺"的批判活动。因为大陆怀疑蒋介石把文物卖给美国，用以购买武器。

现在已经荒废的北沟仓库遗址

2009年年底，我为了采访故宫文物相关地点，来到北沟仓库已经荒废的遗址。

文物完整移转至台北故宫后，公营电影公司在这块土地上兴建了影城，现在连当地居民都很少有人知道这里曾是故宫的仓库。搭出租车跟司机说要去"影城的那个地方"，他就会载我到这里。

杂草茂密，好不容易才找到山洞。北沟十分接近引发1999年台湾大地震的"车笼埔断层"，大地震时土石崩落和震垮的山洞外壁，完全堵住山洞入口。影城在大地震时损毁，也因为电影工业

>> 北沟仓库遗址的山洞（作者提供）

夕阳化，之后也一直没有重建，曾经守护中华最高文化珍品的土地，现在是荒芜一片。

1950至1965年间文物放置于北沟，当时并无人指出这里是有可能引发地震的活断层。我站在山洞前稍微驻足思考："假设当时文物放在这里时发生大地震的话……"陶瓷器和书画都将遭到灭顶之灾，千方百计把文物从大陆和世界各地运到台湾的蒋介石当局应该会受到严厉的谴责，甚至这件事还会变成导火线，成为两岸纠纷的开端。

故宫职员说"文物有灵"，果然故宫文物是受到保护的，没遇到地震也应该是受到庇佑的关系吧。

探究设计者的心路历程

台北故宫的兴建是由国民党大佬、前"行政院院长"陈诚提出，1960年时在"行政院"设置筹备设立故宫的委员会，由台湾方面以及美国的亚洲基金会共同出资兴建，美方支持了大约三千两百万台币的借款。

故宫的总经费及台湾方面的支出明细，迄今仍有许多不清楚的地方。故宫表示当时的原始数据"无法确认是销毁了，还是放在何处"，因此无法对外公布。

故宫正史《故宫七十星霜》也没详述兴建状况的细节。仅说明当时放置于台中北沟的陈列室场地狭小，交通班次很少。

国内外观光客要去参观相当不便,因此刚开始曾讨论扩大陈列室,但后来更改计划,决定兴建博物馆。

此外,台北故宫的兴建还有几项不可思议的事情。

其一是兴建工程大幅延宕。台北故宫原来应在1963年完成。《故宫七十星霜》记载1962年台湾因"葛乐礼"台风侵袭而遇到财政困难,以致工程一度中断。

然而1962年"行政院"下令暂停施工的命令上说的是:"此时为积极战备阶段,无急迫性的工程必须停止。"在这份"行政院令"上,停工理由除了"积极战备阶段"之外,还列举了传染病、风灾、水灾等理由说明财政困窘,虽与《故宫七十星霜》的叙述并不完全矛盾,但是"积极战备阶段"这几个字令人侧目。

因为这意味着**备战状态**。

2010年春天我正在寻找答案时,出席了在北海道大学由日本台湾学会召开的学术会议,找到了一条线索。东京大学研究两岸关系近代史的第一人松田康博助教授,发表了最新研究文章《两岸关系(1958—1965)》。60年代初期毛泽东发动"大跃进",中国大陆经济大受打击,陷入不安定的状态,所以正是蒋介石趁机强化"反攻大陆"计划,以图武装袭击的时期。

另外,当时中国大陆开发核能在国际间广为人知,可能蒋介石准备要在大陆拥有核武器之前发动攻击。依据松田教授所说，台湾在 1963 年起使用小船，多次在福建沿海展开突击战，但全被大陆击退，"反攻大陆"的幼苗被连根拔起。蒋介石为图"最后一搏"，在台扩充军事预算，因此延宕兴建故宫的计划是有可能的。

故宫兴建的过程还有一大疑点。

"台北故宫的设计，有段不为人知的故事。"告诉我这句话的，不是台湾人，而是大陆人。

2008 年冬天的北京，当时我为了准备连载故宫搬迁台湾六十周年企划的新闻报道，到中国大陆各地采访。2009 年 1 月时中国大陆在电视上播放大型纪录片《台北故宫》，创下高收视率。我的消息来源就是这部纪录片的编剧胡骁。

当知道中国大陆投入制作台北故宫专题节目时，我想了解其背景及意图，因此与胡骁取得联系。胡骁以前是跑文化新闻的记者，和我的年龄相近，谈话很投缘，之后两人交情不错，经常联络。

已完成节目制作的胡骁告诉我："因为规定，有关播放内容不能对外泄露，但是你身为记者，有一件事希望你能去调查一下。"因而告诉我如下这段曲折的故事。

胡骁的制作团队到台北采访时，与建筑师苏泽见面，他是台北故宫的设计者、建筑师黄宝瑜的弟子，所以胡提出希望看到当初的设计图。苏泽拿出设计图向胡骁等人一边说明台北故宫的设计概念，并一边提到："其实还有一个'梦幻'

的设计案,而且开始是选中那一个故宫设计案的。"

胡骁因为时间关系不能详细询问,节目中也仅止于介绍苏泽的谈话。至于最后为何排除了那个设计案而决定采用黄宝瑜的设计,就不得而知了。

故宫正史《故宫七十星霜》里,相关文字仅有一行:"新馆是宫殿形式的四楼建筑物,由大庄建筑事务所的黄宝瑜建筑师设计。"我翻阅了当时台湾的报纸《联合报》、《中国时报》,完全没有变更设计的相关报导。

我在台北故宫内的图书馆,找到名为《故宫季刊》的旧期刊,1966年创刊号有一篇作者为黄宝瑜的文章:《中山博物院之建筑》。他谈到故宫建筑用地的选定、对于室内空间的想法、采光的方式等等,是一篇很有趣的文章,但是他对于自己担任设计师的重点,却只字不提。

我虽试着与苏泽联系,但是他声称:"身体不好,没办法接受采访。"在寻找各种线索、访问不同的台湾建筑相关人士的过程当中,我从某位资深设计师口中得知"梦幻"的设计者,是一位名叫王大闳的建筑师。

当听到王大闳的名字时,我震撼不已。王大闳是战后台湾建筑界的代表性人物,在台湾是无人不知、无人不晓的名建筑师。会把这号人物的设计替换掉,一定出现了非比寻常的状况。

王大闳的代表作是表彰孙文的"台北中山纪念馆"。

台北中山纪念馆，与位于台北市中心西边、靠近"总统府"的中正纪念堂并驾齐驱，都是代表台湾的大型建筑物。虽然我立刻申请采访，但是王大闳已年逾九十，接受采访恐有困难，家人也直言相告说："无法接受采访。"

就在我一筹莫展之际，王大闳的家人提供了意想不到的协助："我想到了，如果是兴建台北故宫的事情，几年前有一位建筑学者曾经来采访过。"这个人叫徐明松，我查了联络方式，随即去拜访他。

徐明松是在台湾铭传大学教建筑史的学者，也是位建筑师，曾经在王大闳门下学建筑。徐明松的住宅兼工作室，竟然就位于离台北故宫五分钟车程的幽静的山脚下，从窗户看出去就是故宫后方连绵的山脉。

徐明松娓娓道来的台北故宫兴建的背景及过程，交织着建筑与权力、文物与政治等命题，内容饶富趣味。以下是徐明松所述的当年状况。

台湾在"行政院"下设立故宫管理委员会，由王世杰担任主任委员。王世杰是南京国民政府时期中央研究院的第四任院长，前任院长是在日本也很知名的胡适。王世杰采取当时在博物馆设计上很少见的竞标方式，但是竞标并非完全公开透明，而是由委员会指定五位建筑师参与竞赛。

除了王大闳，这五人还包括台湾著名建筑师吴文喜，以及后来设计中正纪念堂的杨卓成，可说是集合当时的第一流人才。另外一方面，审查委员则有黄宝瑜加入。

依据徐明松收集到的相关人士的证词，审查委员们讨论的结果，认为王大闳的设计最优秀。王世杰主任委员为求慎重起见，派他的女儿王秋华到纽约，拿设计图征询美国一流建筑师们的意见。结果他们也是对王大闳的提案评价最高，将其认定为第一名。

徐明松把王大闳的设计案复印件拿给我看，这是王大闳托付给徐明松的，并说："希望留下记录。"整体外观是玻璃帷幕，建筑造型相当柔和，开放式的入口，融合周围的自然森林环境，体现了无国籍的现代建筑概念。有点接近于纽约的大都会博物馆，也许与王大闳年轻时留学哈佛大学念建筑有关，这在当时是极为前卫的建筑，换言之，很难想象这种挑战性的设计会被接受。

>> 故宫博物院竞标图之俯视图
（王大闳建筑师原始提案，林健成艺术工作室制作，徐明松提供）

虽然委员会决定采用王大闳的设计，但是在国民党一党统治下，万事都由他决定的权力者蒋介石表示不满，他认为："过于欠缺中华元素。"但是，并无史料可以客观确认蒋介石的态度，充其量就是当时相关人士的传闻。可以确定的是发标单位要求大幅修正设计稿。

王大闳对于修正的要求，用沉默表示抗议。即使徐明松问他，王大闳也绝口不提故宫设计案的决定过程。徐明松这么描述他老师的为人："对于设计，他真的什么都没说。他认为完成的样子就代表了一切。"

审视王大闳设计被叫停的情势，黄宝瑜开始有了下一步行动。

黄宝瑜设计的故宫是"中国宫殿形式"，浮现出来的就是中华、权威、权力、神秘、服从等，与王大闳的设计截然不同。

依据徐明松的调查，王大闳的设计触礁后，黄宝瑜拿出自己的建筑师事务所完成新的设计图，宣称是"一个修正案"。黄宝瑜以审查委员的身份把设计案交给王世杰，王世杰把黄宝瑜的设计图拿给蒋介石看，蒋介石一看就喜欢，说："这个好。"

当初，黄宝瑜表面上对外说："王大闳参考我的设计再画一次就好了。"但是设计理念完全不同，王大闳不可能接受，事实上，黄宝瑜完全是企图"横刀夺爱"。王大闳主动撤案，黄宝瑜在名义上和实质上都是设计者。

蒋介石为何没有接受王大闳的设计，而且为何非黄宝瑜的设计不可呢？如果了解权力等同于蒋介石对故宫文物的要求的话，答案就呼之欲出了。

把故宫文物运到台湾，这是蒋介石为了强化"中华民国"体制的正统性。"中华民国"是中华之国，故宫文物就是这个中华文化的象征，作为容器的博物馆，也必须绽放中华光辉。另一方面，对于在欧美学建筑的王大闳而言，在欧美社会，艺术和权力是分离的，文化没有必要背负政治，博物馆必须为使用者所用，促进提升使用者鉴赏艺术品的心情和心理的效果，才是博物馆的最大功能。

但是王大闳忘了台北故宫是体现中华的权力装置，况且当时台湾还在准备"反攻大陆"，并展开"中华文化复兴运动"，以便说明台湾才是"中华文明的继承者"。台湾政治上的气氛是不容许故宫脱离中华风格的。

无论是王大闳或是黄宝瑜，都没有谁对谁错的问题。王大闳带来了当时台湾仍难以接受的设计，可说是操之过急。蒋介石等国民党领导干部多半是生于清朝末年，接受的是封建的中国传统教育。

黄宝瑜担任审查委员，其夺取设计的举动，从建筑师的伦理来看，不值得赞扬。但是黄宝瑜对于清朝建筑，尤其是宫殿式的建筑，也是一流的研究者。

即使以今天的标准来看，台北故宫的建筑也不能说是特别失败的作品。建筑师能否如愿完成作品，不仅是实力问题，还要靠运气。

从结果上来看，王大闳在故宫案拒绝妥协，就"谁都想在历史建筑留名"的这件事上，他是失败了。但在1965年设计台北中山纪念馆的竞图上，王大闳的设计获选为最优。这次作为裁判的蒋介石当局，还是认为"中华的要素不足"，要求王大闳在设计上部分修正。

这次王大闳做了和过去故宫案不同的决定。为了符合蒋介石的期望，将屋顶和天井等地方修正为中华风格，并最终被选为台北中山纪念馆的正式设计。

王大闳这个人对于过去自己的设计都保持沉默，当时他对于两次大竞标有何心境变化，我们也不得而知。是要拒绝妥协追求理想而不惜失去展现自我的机会，还是做些让步让设计优先被采用，孰者为先，对于企业建筑和公共建筑相关的建筑师而言，永远都是两难的课题吧。

台湾的台北故宫和中山纪念馆的设计，建筑上凸显出"权力"、"国家意志的表现"等重要命题，建筑师该如何行动，给了我们重大的启示，在此我希望保留决定设计案过程的完整记录。

此外，蒋介石希望从故宫寻求什么，也从王大闳的挫败中得到重大线索。蒋介石在包含故宫的文化上，要求体现"中华"。其原因在于他急于宣扬正统统治中国的是"中华民国",不是共产党的中华人民共和国。

中华文化复兴运动的浪潮

在战后台湾史上,台北故宫落成的 1965 年,可说是相当精彩的一年。1964 年中国大陆和法国建交,1965 年美国停止对台援助。在客观的国际情势上,国民党当局被逼到必须停止"反攻大陆"的状态。在口号上强调"三分军事、七分政治",事实上政治宣传的重点则从"反攻大陆"转为"建设台湾"。

武装反攻已经行不通,1965 年蒋介石展开"中华文化复兴运动",从武转文。担纲中华文化宣传核心的就是同年落成的台北故宫。

台北故宫发行的学术刊物《故宫季刊》第一期,首任院长蒋复璁在其《中华文化复兴的要点》一文中提到:"我中华文化光华灿烂,已经绵延了五千年,不幸受到国际共产主义的干扰,致我民族文化受到损害。最近红卫兵又在大陆闹'文化大革命',迫害同胞,伤残文化。我们为保卫民族文化,要将之发扬光大,以谋文化的复兴。"

此外,台湾重要民族学者何联奎在 1971 年时,以《"故宫博物院"的特质》为题,撰文说明故宫特色:"故宫的收藏品是中华民族自己固有传统文化培育出的文物,世界各国没有可以与我相提并论的博物馆。"何联奎的根据是列举了各国的艺术家、专家对台北故宫的赞赏，其中之一是1966年日本出版业访问团访台时，作家中山正男的赞许："蒋先生不只是世界的伟人之一，他保护了故宫及中央两个博物馆三十多万件无价的中国历史文物和艺术品，对于世界的文化而言，是不朽的功绩。"

日本人寄赠的文物

我从旧文献中，发现跟开馆后的台北故宫相关的很值得一提的资料。这是1964至1967年间，台北故宫接受外部寄赠的文物中，有一份寄赠文物的清单，上面列有多位日本人的赠品：

"梅原末治先生铁镜二件"；

"梅原末治先生玻璃璧玉一件、玻璃珠一件"；

"坂本郎先生唐三彩罐一件、唐三彩马一件"；

"小山富士夫先生影青瓷一件"；

"梅原末治先生唐三彩文官人偶一件"；

"大野万里先生唐三彩文官人偶一件"；

"久志卓真先生越窑印鉴盒一件"；

"大须贺选先生铜画马一件"；

"鹿内信隆先生铜画一件"；

"平野兰舟先生兰亭序（复制品）一幅"。

梅原末治是日本考古学者的代表性人物，可说是日本考古学的始祖。"坂本郎"则是掉了一字，应该是"不言堂"的老板坂本五郎，他是日本首屈一指的中国艺术品收藏家。小山富士夫也是研究中国陶瓷的世界级人物。鹿内信隆是富士产经集团的经营者。

这些在日本赫赫有名的人物都曾寄赠文物予故宫。

坂本五郎目前住在神奈川汤河原，过着自在的晚年生活，他曾在他的住宅接受过我一次专访。因为小山富士夫的介绍，坂本五郎访问台北故宫，得知台北故宫的宋代文物收藏丰富，但是宋代以前的文物就乏善可陈。坂本五郎决定将唐三彩"金加彩唐马俑"寄赠故宫，这是当时台北故宫所没有的珍品。马俑从机场运送到故宫时，还有警车开道，令人觉得台湾方面对此非常感谢。我在台北故宫的图书馆发现坂本五郎的名字时，想起他在接受我专访时欣喜地说到唐三彩的故事。文件清单中"唐三彩马一件"，应该就是坂本五郎寄赠故宫的那个马的雕塑吧。

随着台北故宫的落成，故宫文物再次成为中华民族对外政治宣传的最前线。世界上有国民党的统治下的中国台湾和共产党统治下的中国大陆"两个政治权力"，彼此争论着哪个才是"真正的中国"。对于被局限在台湾的国民党，故宫文物成为证明其"合法性"及"正统性"的一个物证。通过强调"中华民国"的文化优越性,承担向世界宣传蒋介石当局的任务,可说是一石二鸟。

"两个故宫"因为"两岸"的诞生而诞生。

北京的进展

这里我也想提及大陆的北京故宫。中国台湾成立了故宫,另一方面中国大陆也在1949年新中国诞生时,同时展开新的故宫建设。

故宫博物院的疏散文物中,有将近四分之一的三百箱被送去台湾。数量虽然称不上多,但包括许多珍品。如何再次集结珍稀的文物,成为中国代表性的博物馆,以夺回文化光辉,这本是中国文化行政上的一大课题。

1949年1月,共产党的最高领导人毛泽东指挥夺取北京的战役之时,曾跟前线指挥官发出这样的电报:"本次攻打北京须做好缜密的计划,一定要避免破坏故宫、大学或其他具有重要价值的文化古迹。"

当时国民党军队瓦解,在北京没有发生激烈战斗,北京引以为傲的紫禁城等重要文化遗迹,都未受到很大的破坏。同年1月31日共产党军队入驻北京,在短短一周后,旋即对外开放北京故宫,这是安抚北京市民人心的紧急措施。

1949年10月中华人民共和国成立,第二年将"国立北平博物院"的正式名称改为"国立北京故宫博物院",之后又于1951年改称为"故宫博物院"。删除"国立"两字的原因不明。在中国大陆的行政体系下,故宫属于国务院下的文化部文物局管辖。

文物除了国民党带走的两千九百七十二箱,共有一万一千一百七十八箱留在南京,其中一万箱回到北京。

当初对于北京故宫的定位,中国政府内部也曾发生意见不合的混乱情况。1954年施行《故宫博物院整顿改革法》,故宫文物的展示是为了提高"思想性、艺术性、科学性",融合了现代中国的艺术品及过去的文物双轨的方式来表现。然而在那充满革命热情的时代,不可能重视纯粹的"美"与"传统",文物的收集更是不尽人意,又有批判官僚及浪费的"三反运动",连要找到能够修缮的公司都有困难。

20世纪60年代以后,中国大陆展开"文化大革命",文化行政更陷入愁云惨雾中。"文革"打出的旗号"破四旧"(打破旧文化、旧习惯、旧风俗、旧思想),使得故宫的存在正好成为攻击的目标。

1966年曾发生红卫兵叫嚣"破坏故宫"、"烧掉故宫"并试图入侵故宫的事件,好在行动总算被制止下来,但是北京故宫以紧急事件向政府通报。当时的总理周恩来指示:"一定要保卫故宫。"于是暂停对外开放,收藏品被牢牢锁进仓库里。

虽然如此,"文革"势力对于北京故宫的攻击并未停止,

1968年解放军的宣传队伍（大概是红卫兵）甚至堂而皇之地进驻故宫。在故宫内设立革命委员会，并在革命委员会的指导下进行故宫的营运。

1969年故宫大部分的职员被"下放"到湖北省等地方农村，故宫的博物馆营运因此停顿。等到"文革"势力减弱，革命委员会从故宫内撤退，1971年故宫又回归正常的营运。

正式推动改革开放的80年代起，中国开始故宫的现代化。兴建了中国规模最大的仓库，也开始整修展示空间。作为故宫"容器"的紫禁城，在1987年获选登录为世界遗产。

北京故宫在收藏品的数量上大幅领先台北故宫，加上近年来"国宝回流"的风潮，许多海外文物回到中国本土。不仅有中国的收藏家寄赠故宫，故宫自己从海外拍卖会上买回文物的案例也渐增，再加上新中国成立后，收集了在中国各地挖掘出土的文物。过去"质在台北故宫，量在北京故宫"的说法如今已未必成立，很显然，北京故宫收藏质量正不断提升。

然而，北京故宫的"容器"或"内容"这样结构性的问题仍然存在。作为世界遗产的紫禁城，既是代表中国的古迹，也是北京故宫的展示空间。以紫禁城当作容器来鉴赏中华五千年文化精髓文物，当然是极其奢侈的环境空间。但是事实上紫禁城范围太大，从一个展示厅到另一个展示厅，有时甚至要走上三十分钟。游客光是欣赏博物馆的建筑就已经精疲力竭，也没有体力和精神注意到收藏品了。

同时，若说起我多次造访北京故宫的印象，代表着中国宫廷建筑的紫禁城的壮大规模所带来的感动，与鉴赏艺术品所体会到的细致美感的感动，两者在感性上未必一致，要在脑中从建筑切换到艺术，有时还真不容易。

我个人的意见是，应该将故宫博物院搬出紫禁城。我曾听到中国文化界有类似的声音，为此也曾经向北京故宫前院长郑欣淼探询过"紫禁城与故宫分离"的可能性，但得到的回答是："只能通过改善现有展示空间，提升鉴赏环境。"

第六章

中华复兴的浪潮——国宝回流

>> 在香港举行的中国艺术品拍卖会（作者提供）

国家安定强盛是文化繁荣的必要条件。希腊、罗马、文艺复兴时期的欧洲、江户时期的日本、唐代全盛时期的中国，全都绽放丰富的文化花朵。卷进战争就断送文化。理由很简单，烧杀掳掠的世界中，人类会以生存竞争和经济活动为最优先，行有余力时才有文化。希望享受人生，创造美的事物，这些需求都排在"衣食足"以后。

　　在第二章中，我描述了清末民初宫廷收藏品开始大量流入世界的情形。国家混乱，文物散失。然而文物向世界扩散，也成为世界了解中华文化的契机。西欧的"东方艺术"世界里，中国压下了被称为"日本风尚"的日本文化，坐上首席宝座，以现在的说法可称之为"软实力"（Soft Power）。

　　另一方面，对于中国人而言，文物被掠夺的历史当然是一场悲剧。将中国带入"现代"的原动力,就是不忘一雪遭西欧、日本蹂躏的历史屈辱的想法。

中国人对于日本历史相关问题,持续反弹的原因何在?中国人对于美国这个世界霸权,经常秉持着对抗意识又是为何?邓小平死前希望能亲眼目睹1997年7月1日香港回归,又是为什么呢?(事实上他在香港回归前半年过世了。)所有的答案都是:为了收回失去的东西以"雪耻"。从辛亥革命后中华民国在1912年诞生,直到1949年把国民党赶到台湾,中华人民共和国成立,近代中国政治继承了"回收"的根本理念。

先来谈谈台湾。中华人民共和国在宪法上规定,台湾是"不可分割的领土"。统一台湾是中国大陆的愿望,中国大陆的国民坚信有朝一日可以拿回台湾。

在中国革命的原则下,人们普遍认为,清朝与列强缔结的不平等条约及割让领土等均应收复,台湾在甲午战争战败时被日本夺走,它原来是中国的东西。1945年因日本战败,将台湾交由当时对外代表中国的中华民国政府来管理。在这个时点上,台湾脱离日本的统治。1949年蒋介石与共产党内战失利,率领政府人员逃到台湾,因此对于中华人民共和国而言,台湾还不算完成"回归"。

日文的"取回",在中文是"回归"。香港主权的返还在中国也称为"香港回归"。倘若台湾正式成为新中国一部分的那一天到来，中国大陆应该会热烈庆祝"台湾回归"这项历史伟业。

话题回到文物。内战后的中国大陆因为"大跃进"政策带来的失败、"文化大革命"带来的混乱陷入窘迫的境地，所以这些时期都不是回收文物的好时机。

70年代末期，"改革开放的总设计师"邓小平登场，中国终于向发展迈进。80年代励精图治，逐渐建立起经济复苏的体系。90年代后期，中国经济成长显著，虽然贪污腐败的现象层出不穷，但中国现代化以来揭橥的"富强"目标终于逐步达成。在这期间，中国失去的文物奔流回到中国，产生了"国宝回流"的现象。

香港出现圆明园的被掠夺品

最深刻感受"国宝回流"现象的应是香港，这里过去是英国的殖民地，有"东方之珠"之称，现在是中国的一部分，中国热钱泛滥如洪水。

香港位于中国南方广东省珠江三角洲地带的最下方，面积大约是日本东京都的一半，地质几乎全是岩山，不利农业，适合人类居住的土地只有三成。狭窄的土地上七百万人摩肩接踵地生活。

大学时期我有一年到香港中文大学学中文和广东话。我因为受到香港活力的吸引，选择到香港留学，但在留学生活即将结束之前，被很多意想不到的事情弄得很灰心，记得当时好像觉得那里人说话和待人处事都有些粗鲁。

香港是中国的"通风口"，因为鸦片战争及第二次鸦片战争战败，被迫租借给英国，由英国人孕育为世界上重要的港口都市。从停滞混乱的近代中国逃出的人、物、钱，都流进了香港。这些人当中，有革命家、有有钱人，也有罪犯。他们和携出的文物一起到了香港。

清朝末年，紫禁城所在地的北京成为中国艺术品流出的舞台，北京到处形成流出品的市场。辛亥革命后被称为"魔都"的上海，也加入了文物买卖市场的行列。上海商人因将文物高价卖给欧美爱好艺术品的人士尝到甜头。欧美人士回到母国，再以更高价转卖致富。

新中国诞生后，关闭了对海外的窗口。为了生活，以及为了避免文物在"文化大革命"中遭到破坏，偷卖艺术品的出口只剩香港。

到香港观光，在旧小区旺角附近的夜市地摊上看到的中国艺术品，都是胡乱贱卖的便宜货。到尖沙咀大楼里的土产店，也会有推销翡翠手镯的店家。

但是，香港自古以来经商者多集中在香港岛的上环、中环、湾仔这边，这里也有几十间卖真品的古董店。我到这些店逛逛，和店家主人闲聊，听他们自夸从"文革"时期的大陆拿到何等珍贵的文物，这也是我在香港享乐的方式之一。

>> 拍卖会现场（作者提供）

只是这些古董店已非香港艺术市场的主流。现在市场上的主角变成佳士得和苏富比等世界级拍卖机构。两家公司每年春秋两次在香港举办拍卖会，是世界上最有活力且集合各地流出的中国艺术品的拍卖会。

过去香港拍卖会上的主角是欧美人士，80年代因为泡沫经济，日本人的身影急速增加，频频高价得标的样子引起欧美人士的不悦。然而现在拍卖会场里半数以上是中国人。进入会场后，坐在前半座位的大都是穿着西装及套装的欧美人士或日本人团体，后半的座位和站着的多是便装打扮的中国人，穿POLO衫或运动鞋的中国人也很多。欧美人士似乎感到"绝望"，但只能接受中国热钱（China Money）主导的现实。

拍卖会的语言使用英文及中文两种。欧美的主持人也很熟悉中文数字的说法。拍卖以一万港币（约八千元人民币）为基本单位，例如以一千万港币（约八百万元人民币）竞标，主持人会用英文说："One Thousand"，并加上标准的中文说："一千"。过去也曾使用广东话，但现在已经不用了。

2008年12月时，听说从圆明园掠夺的"流出品"出现，我特别飞到香港。

当追到高价，对于竞拍表示赞美的掌声，会在俯瞰维多利亚港的湾仔会议中心会场响起，在这次佳士得举办的中国艺术品竞卖会上，粉色光泽、瓶身有蝴蝶飞舞图案的清朝瓷器，拍卖官落槌时敲定，以五千三百三十万港币（约四千二百万元人民币）成交。

"清乾隆御制粉红地粉彩轧道蝴蝶瓶"是清朝乾隆帝时期的臻品，在佳士得的商品目录上称许道："细笔精细描绘之卓越技术，少有相似作品，具有独特的设计。"

我看到展示的真品了。艳丽的设计应该不投日本人所好，应用西欧技术画出那个时代颇受欢迎的"粉彩"，水平相当高。粉色为底，轻巧点缀舞蝶，设计极为特别。

但是，这件作品受到高度瞩目，主因是它的来历——它是圆明园的流出品。

1860年英法联军攻进清朝离宫北京圆明园。英国外交官洛赫爵士（Henry Braham Loch, 1827—1900）曾代表英军，与清朝谈判投降事宜。此"蝴蝶瓶"是英军士兵在圆明园掠夺而来的，当时洛赫爵士在北京向士兵买下，并将"蝴蝶瓶"带回英国，马上卖给大富豪莫里森（Alfred Morrison）。莫里森是个收藏家，而且不限于中国艺术品，他毕生收集世界各地的艺术品，将宅邸整体改造为陈列室，用于收藏中国和波斯各地的艺术品。

过了百年岁月，1971年佳士得在伦敦的拍卖会上，"蝴蝶瓶"以四千三百美元的竞价被买走，买主是艺术品的买家，到手后随即转卖给美国的收藏家。"蝴蝶瓶"在沉寂多年后此次再度复出台面，进入拍卖会。

>> 蝴蝶瓶（作者提供）

拍卖会的得标者没有公开姓名。这次的得标者是以电话竞标，因此人也不在现场。但是，通常在艺术商的同行间，谁是得标者的"消息"不久之后就会传开。

通过相关人士了解，得标者是"住在中国南部的收藏家"。换言之，"蝴蝶瓶"在一百五十年后回到祖国。

参与回流的特殊人士

"蝴蝶瓶"只是其中的一个例子，90年代后半这样的流出品陆续回到中国，支持这股潮流的正是中国的经济实力。世界的艺术品交易商异口同声这么说："现在购买中国艺术品出价最高的是中国人。"

我特别感受到这股"回流"的动力是在 2009 年春天。此时我与中国拍卖界规模最大的"中国嘉德国际拍卖有限公司"总裁王雁南在台北分公司见面。

王总裁是位身材修长、五官端正的美女，她在中国艺术品业界有不少传奇故事，散发出一股气质。说话的样子充满自信，态度进退有礼，完全没有那种暴发户型的企业家受访时，时而挑衅、时而看不起人的态度，是一位令人印象十分深刻的人物。

在中国，auction 称为"拍卖"。在中国人对于艺术品"拍卖"尚无概念的 1993 年时，王雁南便创立了"嘉德"公司，该公司在很短的时间内就发展成中国规模最大的拍卖企业。王雁南年轻时在美国受教育，曾担任中国国防部的翻译。80 年代起，在北京高档饭店"北京长城饭店"担任经理，后来有商界的朋友问她："要不要一起试试拍卖事业？"

当时的王雁南对于艺术品的知识还相当有限，犹豫着是否要

>> 王雁南（作者提供）

加入。但是朋友对她说:"在中国现在谁都不懂艺术品拍卖,无论是你我,或其他的人,全都是门外汉。"因为被朋友的这番话打动,她才展开了拍卖事业。

摸索中的嘉德公司在90年代后期,拍卖事业转而急速扩大,王雁南担任拍卖企业的经营者,年轻气盛,知名度大增。

"拍卖企业搭上中国经济成长的顺风车,也非侥幸。中国人长期以来就有收集艺术品或古董的习惯,在经济成长前的中国,因为经济实力的缘故,'古董'被定位于台面下的个人嗜好。然而当人民开始富裕以后,唤起关心古董的兴趣并不需费时太久,年轻人甚至比年长者更有强烈的购买意愿。现在的买主以三十到五十岁为主,都是经济发展之后财力雄厚的人。"

对于艺术品这行,王雁南有着强烈的自信心:"现在拍卖市场上的艺术品是'供不应求',因此必须要到新加坡、台湾、美国、欧洲等地寻找拍卖品的卖主。此次访问台湾,目的也是拜会台湾的收藏家,希望他们愿意拿出来拍卖。"

嘉德的员工共有两千四百人。2009年在北京、上海等中国各地,举办了一百二十场拍卖会,营业额超过十八亿人民币。同一年也到东京,在东京举办了艺术品的谈话会。为了在日本寻找可拿到中国拍卖的艺术品,他们到日本各地拜会接触的艺术商或个人收藏家,至少超过一百五十人。

王雁南从经济现象来解读"国宝回流"。"从海外向我们提供文物的愈来愈多，中国市场很大，而且规模增加了好几倍。在中国的文物不够多，因此必须仰赖海外的文物，政府也奖励提倡'让海外的文物回到中国'。中国的拍卖产业刚起步，一有事情媒体就报道，也就带动更多海外文物持有者想要将文物拿到中国来卖。这不是靠行政可以做到的，世界的道理只有一个，有经济活动就有物品出现，官员再怎么阻止也没办法扭转，经济不好，文物就流出，现在中国经济力强大了，文物自然就回流。"

"例如2000年时，我们拿到翁氏的五百册古籍收藏，翁氏是清末九大藏书家之一，后来他的收藏落到海外的收藏家手里，最后以四千五百万美元卖给上海图书馆。这套书成为这个图书馆的代表性收藏，很多领导都去看过，这样的工作也需要我们民间的拍卖商参与。"

嘉德的兴旺代表了中国的拍卖事业进入全盛时期。除了嘉德外，陆陆续续有不少企业加入，中国整体的拍卖事业规模年年扩大。买方的九成是中国人，相对的，卖方的六成是海外的收藏家。通过拍卖的媒介，海外的文物正以猛烈的势头流入中国。

一扫圆明园遗恨的人

有一群人借由事业创造巨大的"回流"，同时也有一群人订立战斗目标，展开一场海外流失文物的争夺战。2009年2月，在法国举行的拍卖会成为中国大陆、香港、台湾，以及全世界艺术相关人士众所瞩目的焦点。

佳士得即将于巴黎举办拍卖会，拍卖品是过去放置于圆明园喷水池的十二生肖中的鼠像及兔像。在1860年时英法联军破坏圆明园之后，这十二生肖铜兽首长期下落不明。对于中国人而言，这些文物是最具象征性、最知名、最为简单易懂的"历史耻辱"故事。

"法国人放火窃盗，一百五十年后想把赃物变成生意买卖吗？"中国人及海外华人组成原告团向法国法院提起民事诉讼，认为拍卖是违法行为，要求禁止拍卖会。发起人之一的刘洋，是一位住在北京的律师，我和他通国际电话时，对他非常兴奋的语调感到震撼。

十二生肖像的问题，我老早就很有兴趣。因为在中国高昂的民族主义与这个文物问题结合时，很可能变成一种象征。

制造十二生肖像的是清朝最强盛时期的乾隆皇帝。建造圆明园时，他决定导入西欧式的宫廷建筑，交由宫廷画家郎世宁设计。郎世宁是意大利耶稣会的传教士，其擅长的技术深受中国人喜爱。铜像经常使用于欧美式的建筑外观，以中国传统的十二生肖表示时辰。圆形的喷水池周围放置十二生肖铜像，每两小时属于该时辰的生肖动物就会从嘴巴喷水，到了每日正午所有的动物就一起喷水，设计十分精巧。

>> 牛像、猴像、虎像（作者提供）

乾隆皇帝对于这个十二生肖像的水力钟非常喜爱，传说有时还会到圆明园来，就是为了想看正午兽首一起喷水的画面。事隔一世纪后的20世纪60年代，失去的动物像再度回到舞台上。起因是一位美国的古董商在某位民间人士的自家庭园，偶然发现被随意放置着的牛像、猴像、虎像。

这位古董商一定是对中国历史造诣深厚，便以一千五百美元的低价买到这三个动物像。之后，除了牛像、猴像、虎像之外，还有人发现了马像，这些兽首于是也陆续在各地的拍卖市场上出现。80年代，台湾著名的古董公司"寒舍"在纽约、伦敦等地的拍卖会，为台湾的收藏家将这些兽首陆续买下。在此时，价格还没那么高，也未形成话题，当然也未刺激到中国人的爱国心。

21世纪在中国人之间普遍有"中国的时代"这样的自我意识，因而发生了前所未有的化学反应。2000年佳士得接受委托拍卖牛像，苏富比拍卖猴像和虎像。虽然中国政府和中国民众抗议声不断，认为"掠夺品被竞标是一种侮辱"，但是拍卖会仍照常举行。

得标的是保利集团。该集团在北京的保利艺术博物馆展示这些艺术品。得标金额很高，牛像是七百七十四万港币；猴像是八百一十八万港币；虎像是一千五百四十四万港币。

2003年在拍卖会上出现了猪像，这次是澳门赌王何鸿燊出面。有一个为了讨回流失于海外的文物而发起组成的"中华抢救流失海外文物专项基金"，何出资给该基金买下猪像，并赠送给保利集团。最近陆续因为家族分产风波丑闻而声名大噪的何鸿燊，在1999年葡萄牙将澳门主权归还予中国时，是当时"澳门三大家族"之一，具有相当的影响力。十二生肖像的问题，正好成为其向中国政府及民众展现"爱国心"的最佳目标。何鸿燊在2007年以六千九百一十万港币的天价买下马像，之后虽然已将马像赠给中央政府，但是马像还是放在澳门。

澳门最著名的"新葡京饭店"，是到澳门观光的游客一定

>> 马像、猪像（作者提供）

会造访的地方，也可称为赌王何鸿燊的城堡，是一家附设赌场的饭店。在酒店大厅，和何鸿燊的铜像放在一起的马铜首，俯瞰全世界的赌徒们。

何鸿燊虽然将所有权让给中国，但作为澳门主权回归中国的象征，马铜首留在澳门，表示他和中央的领导部门讲得上话。对于何鸿燊而言，马铜首可说是对"中央"忠诚的证明，也是护身符。

十二生肖像有五个知道下落，除了马像以外，其他四个都在北京的保利艺术博物馆坐镇。保利艺术博物馆位于北京办公大楼区的保利集团大楼内，平常很少有人来此参观。展示厅的灯光昏暗。四个动物像的背景图片是遭到破坏后的圆明园喷水池。灯光照射下的动物像看起来宛如幽灵，令人背脊冰凉发麻，觉得不舒服。

"保利集团作为中国爱国主义教育的一环，买下十二生肖像"，博物馆的简介上是这么写的。中国相信因为1860年英法联军蹂躏圆明园时的掠夺，导致十二生肖像遗失。媒体也以"圆明园掠夺"、"中国人的愤怒"为架构，刊登报道。

另一方面，专攻中国文学及文化的优秀研究人员中野美代子于2009年发表的论文，提到有一位名叫马龙（Carol Brown Marlon）的人在1930年前后曾到圆明园进行田野调查，当时拍下的照片中有十二生肖像。此外，当时的报纸的插画上描绘的圆明园遭掠夺后的景象，也画出了十二生肖像。从这些证据，加上推论士兵们应该看不出带走西洋式的十二生肖的价值，中野美代子认为："对西洋的士兵们来说，对十二生肖动物这样的东西应该没有兴趣"，因而推定掠夺并不是发生在1860年，而是七十年以后的20世纪30年代之后，某些人切下十二生肖像的头部，带到国外去。

但是，这样的推论在中国应该不会拿来讨论吧。原因在于中华民族悲剧的故事中，已赋予了十二生肖像扮演振奋爱国心的角色。

受到全世界瞩目的巴黎鼠像拍卖会

回到竞标鼠像的巴黎拍卖会，随着拍卖日期的接近，各界关心程度也日益升高。这件事情的来龙去脉在某种程度上

>> 放在保利博物馆的牛、猴、虎像，及最后放入的猪像（作者提供）

实在非常有意思。拍卖会在巴黎举行，而掠夺圆明园的正是英国和法国。中国民众必然感受到"来自掠夺者的再次侮辱"。

而且，鼠像和兔像的所有人是世界知名的法国服装设计师圣罗兰（Yves Saint Laurent）。圣罗兰过世以后，由他的事业伙伴、也是传闻中的同性情人比利时人贝尔热（Pierre Berge）继承巨额的财产。

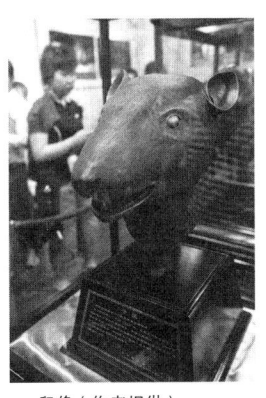

>> 鼠像（作者提供）

圣罗兰取得这个十二生肖像的原委，不得而知，继承人贝尔热认为"十二生肖像的艺术价值低"，为了缴纳遗产税而将鼠像和兔像交给佳士得，兽首因此进入拍卖品清单。

这位贝尔热也是相当有个性的人，一度让整件事情发展到甚为复杂的地步。

中国人组成的原告团向法国法院提起禁止拍卖的请求遭到驳回，拍卖仍按照预定时程进行，得标结果再度震惊全世界。

最后的竞标人是出身中国福建省厦门的艺术商蔡铭超，他以三千一百四十九万欧元拍得兽首。蔡铭超以电话参加竞标，但是就在竞标后几天，他在北京召开记者会并宣布了惊人的消息："我不会付款，兽首是中国的东西。没有必要付钱，应该还给中国。"

拍卖是基于"信用"而成立的买卖制度,基本上谁都可以参加。竞标者如果不照单付款,下次就没资格再参加。在这个圈子不大的行业内也会丧失信用。蔡铭超在记者会后不接受记者采访,并随即不见踪影。我想知道他的动机,经过多番调查,发现有一位与蔡铭超很亲近的朋友在台北,他是台湾著名的艺术商王定乾,也是"寒舍"的老板。

"寒舍"的店面位于台北五星级旅馆喜来登饭店内,如前所述,该公司曾在80年代买卖交易过其他的十二生肖像。

当我说明了采访的旨趣,王定乾当着我的面用自己的手机,打电话给蔡铭超,但是电话不通。他说:"这几天他销声匿迹,好像是政府要他别再对外发言。"并把竞标的来龙去脉说了一次。

就在拍卖会之前,蔡铭超曾打电话给台北的王定乾。两个人是旧识,依据王定乾的说法,蔡铭超说:"我想让竞卖流标。我会参加竞标。"王定乾向他提出忠告:"你会丧失业界的信用,要好好地慎重考虑。"但是蔡铭超没有听取他的建议,决定行动。王定乾说:"我认为他纯粹是因为爱国情感,而不是受到政府的指使。他很清楚拍卖会的规则,目的就是要竞标后不付款,让拍卖不成立。"

拍卖会结束后,中国国家文物局发出声明批评佳士得,但没有提到蔡铭超。"无视于中国的劝告,强行拍卖圆明园的动物像。文物应该依照国际惯例归还,这件事将对该公司今后在中国的事业发展，有深刻的影响。"蔡铭超拒绝付款，如其预期的，鼠像和兔像的拍卖流标，佳士得将它们还给了贝尔热。

要求返还文物的中国国内动向

一时间由蔡铭超担任顾问的"中华抢救流失海外文物专项基金"这个团体，突然间受到瞩目。前面提到何鸿燊时也说过，这几年在中国推动文物返还运动的时机逐渐酝酿成熟，这个团体的影响力不容小觑。

中国的"抢救"，意思是"快速地救出来"。在圆明园十二生肖像拍卖风波之前的 2009 年 1 月，我到北京郊外拜访了这个团体的办公室。对于我的疑问："为什么要特别组成团体来取回文物呢？"总负责人王维明滔滔不绝地回答："香港和澳门都已经回归中国，亚洲的殖民地主义也宣告结束。这与中国在国际社会的政治地位提升或经济的急速发展都没有关系。只是殖民地主义留下的所有问题尚未完全解决。我们正在处理的文物回归运动，这是侵略中国所造成的悲剧中，目前最亟待解决的问题之一。"

该基金于 2002 年成立。基金会说这个组织是纯粹由民间有志之士组成，但也有人说，基金会的成员包括曾在中国政府文化部任职的职员。活动资金的来源是保利集团，该集团也曾竞标且展示十二生肖像。

组织成立以来，他们组成调查团远赴欧美日等地，针对特定的流失文物进行调查，并曾在中国国内举办以"海外遗珍图片展"为题的流失文物照片展，希望唤起舆论的注意。他们除了用基金的资金在拍卖会上买回多件文物，也向中国的收藏家提供有关苏富比、佳士得等举办海外拍卖会的流失文物信息，如果竞标拍下，也会协助"国宝回流"的活动。

>> 王维明（作者提供）

依据王维明的说明，鸦片战争以后流出海外的文物中，光是国宝级的就高达一百万件。联合国教科文组织的统计也显示，世界上二十八个国家的一百四十七个博物馆，共计收藏了一百六十七万件中国文物。

当然大部分是正规交易，但也有以掠夺或类似掠夺的方式从中国带出去的，中国政府就是针对这些文物展开讨还运动。2002年起，中国国家文物局在四年间花费两亿人民币，从海外购回文物两百件以上。另外通过政府间协商的，1998年从英国讨回三千四百件、2005年从瑞典讨回一件、2008年从丹麦讨回一百五十六件。

归还运动的结果

散落在世界各地的中华文明"瑰宝"数量浩繁。例如，现存中国最早的书画——东晋时代的画家顾恺之绘制的《女史箴图》摹本——于1860年第二次鸦片战争时被英军士兵拿走，现在收藏在大英博物馆。

唐代画家阎立本的代表作《历代帝王图》（北宋时期的摹本），绢本上刻画了前汉昭帝到隋炀帝间的十三位历代皇帝，现存于美国的波士顿美术馆。

在日本知名度也很高的敦煌莫高窟遗迹，从这里带走的壁画和佛像，现存于美国哈佛大学。

上述每件都是中国文化史上不可或缺的一部分，每次看到这些海外文物，中国人的民族主义情绪都会受到刺激是可以理解的。以这样的民族情感为后盾，中国的文物返还运动会向前冲到何种程度呢？

上海大学有个组织叫"海外文物研究中心"，主要是记录、研究流失于海外的文物，陈文平教授是该中心的营运负责人。他曾在九州大学留学，能说流利的日文。他是文物返还的"强硬派"，正在编纂《流失海外的国宝》（上海文化出版社）等大型数据库。

我与陈文平在上海的咖啡厅见面，他开口就说："我在日本的时候,看到各地的博物馆有许多中国的文物,就决定把文物流出问题当作毕生研究的题目。"以下我试着用对话的形式重现专访。

野:"中国的文物流失到海外的情形如何?"

陈:"最初是清末,后来是民国初年,都是中国国力屡弱的时期。所谓的四大流出,最开始是1860年英法联军烧掉圆明园的时候。第二批是1900年八国联军入侵北京,再后来是辛亥革命前后,溥仪从宫中拿出的。第四批是中日战争。以件数来说,我推估至少一百万件以上,但是件数太多,不可能有正确的统计数字。"

野:"流出的原因是什么?"

陈:"文物具有经济价值,西欧人士和日本人买下来也是着眼于此,当时中国有一位名叫卢芹斋的人物,设立'来远公司',卖给日本的山中商会等不少文物。但是有很多是通过非法的偷窃或掠夺而流出的,也有从日本来的团体,打着研究的目的却以非法手段带走。我们的目标就是要带回非法流出的文物。先从有象征性的案件开始追起,美国怎么说都是聚集了最多从中国盗出文物的地方。"

野:"那个个案是什么呢?"

陈:"昭陵六骏的问题,7世纪时唐太宗在西安埋葬了文德皇后。她的陵墓称为昭陵。太宗把奔驰战场的六匹爱马石像放在这里,作为昭陵的守护神。这就是六骏。其中两匹马的石像现在保存在美国费城的宾州大学。"

野:"这其中发生过什么问题呢?是石像被盗吗?"

陈:"1920年时被盗出,有两匹在半路被拦截下来,有两匹运到美国。现有四匹在西安的碑林博物馆。"

野:"这好像和圆明园的十二生肖动物像的情形类似。如果要求返还,美国是不是会大方地归还呢?大学的话,一定是谁买下的,没有'善意的第三人'吗?"

陈:"曾经和西安碑林博物馆研究过,我们认为,是有可能的。不管怎么说,马的石像本来是不能移动的文物,这是硬把它运出去的。1914年时,中国已制定法律不准将文物运到国外。更重要的是,宾州大学当时和运出来的美国人讨论有没有什么好的石像,大学还派研究员到西安。在石像盗出后第二年的1921年,以十二万美元买下。这些都有资料佐证,他们明知违法,还是有计划地把马的石像带出去。"

野:"今后你会采取什么行动呢?"

陈:"首先和大学方面来谈。当然中国要求返还必须由当事人来决定。政府也可以,西安碑林博物馆也可以。大前提是返还不付任何代价。这是依照联合国教科文组织条约,要求将被盗取的文物返还原保有国。"

陈文平的表情十分认真,可以感受到"势在必行"的坚定信念。他为追踪流出文物的去向,奔波于世界各地,其研究中心的活动经费则来自于中国国内外"爱国主义意识高昂"的企业家们。从日本流出海外的文物应该也不少，但是似乎没有日本人秉持相同的信念。

中国在20世纪90年代以后，因为加强爱国教育的结果，对于日本的抗议行动等等，都是民族主义以各种不同形式大量爆发出来的非常醒目的例子。这一连串的文物返还运动，我认为也是中国爱国教育及民族主义的衍生物之一。中国人高涨的爱国意识和实质的经济成长后成为大国的中国国力结合，文物返还运动遂逐渐形成一股浪潮。

中国对于讨还文物的积极行动，使得世界各地博物馆感受到"危机"。2002年12月，巴黎的卢浮宫博物馆、纽约的大都会博物馆等世界十八个重要博物馆联名发表声明，拒绝返还的要求。其论述根据是："我们应该判断，过去的行为和现在的价值观及脉络不同，博物馆不是属于特定国家，而是负有普遍为所有人服务的义务。"

但是，中国政府的国家文物局长单霁翔提出反对的看法："促进归还不法流出的文物，是国际社会间的共通认识，这是我们的文化基本权利。"

世界博物馆方面的主张，确实听起来有些地方是诡辩，但问题也不像中国所说的那么单纯。无论如何，这部分不管怎么讨论也很难有结论，只是沦为抬杠而已。要决定把线画在哪里相当困难，"掠夺"、"盗窃"的情况明显，无论从法律的正当性或道义的立场，一定是对中国这样的原保有国比较有利。

提出文物返还问题的不只中国。2010年,埃及开罗邀集世界二十一个国家,召开"文物保护及返还国际会议",决议今后要团结一致,进行要求被掠夺文物的返还运动。看来未来对欧美等国的压力将会愈来愈大。当地媒体的报道指出,这些国际行动的背后,都与中国政府积极的参与有关。

中国已变成政治、经济的大国,正崭新地以文化大国的姿态,把"复权"纳入计划。北京故宫作为归还文物的容器,将作为中华文明的中心再度绽放光芒吧!

第七章

故宫会达成统一吗?

>> 北京故宫院长郑欣淼和台北故宫院长周功鑫(作者提供)

2009年3月2日，台北故宫。郑欣淼首次以北京故宫院长的身份访问台湾，与台北故宫的周功鑫院长共同召开记者会。

两人名字的最后一字分别是三个"水"和三个"金"组成的汉字，都是在日文找不到的汉字，在大陆和台湾也是很少见的，尤其是"淼"，知道读音的人不多。

水和金都是中国阴阳五行说"金木水火土"之一。从阴阳五行上说："五行相克"、"水消火、火镕金"的说法，经常用于比较个别对手间的优劣位置。这场记者会前，郑欣淼在北京接受专访时欣喜地表示："我和周院长，完全没有相克的地方，我们很合。"

为目睹这历史的一刻，台湾当地的媒体、中国大陆驻台北的媒体，还有像我一样的外国媒体记者数十人，都出现在台北故宫的记者会现场。记者席后方有各家电视台的摄影机，十几部并列着。

台湾的有线及无线电视加起来，有一百多个频道。与新闻相关的有线电视新闻台多达六家，加上三家民营无线电视台及公共电视都有新闻部，电视台摄影机相当多。因为是现场直播，一般来说，记者提问都会觉得紧张，深怕问题太蠢，但是台湾的记者好像不怎么在乎，即使是暴露无知也还不断发问，令人觉得这是南方海岛风土孕育出的心胸开阔的媒体特质。

两位院长一开始先互赠礼物。北京故宫赠送的是宋代画家赵昌《写生蛱蝶图》的复制品，台北故宫赠送的是唐代僧人书法家怀素《自叙帖》的复制品。这样的交流虽然是例行公事，但因为两边都是故宫，礼物传达的讯息耐人寻味。

记者会上两位故宫院长的反应

两位院长一开始的致词，都是四平八稳的发言，之后就是开放记者提问的时间。记者会对记者来说是一个胜负立见的战场。会场上有喜爱发问的记者，也有不喜欢提问的记者，我显然是属于前者。可是日本记者多数属于后者。因为他们大多数在入职时期的警局参访过程中被告知在记者会上不要提出太深入的问题，在突袭式一对一的私下场合中，才能问出独家消息。

检察院、税务局、警局等这些单位，表面上说须遵守保密义务，但台面下却有拼命放风声的人，不过只要听取的一方是恰当的人，这样做也不算太过吧。但是从我的经验来看，相关人物在个别采访和记者会说出的答案一般不会不同，反而是在电视台直播时，众目睽睽之下，骤然提出受访者不容易答的问题，常会出现意想不到的效果。

这一天，当地媒体关注的焦点是两岸故宫互借文物展出时，如何处理台北故宫正式名称"国立故宫博物院"的问题。

对于不承认"中华民国"的存在的中国大陆而言，很难接受台北故宫名称中带有"国立"二字。如果中国大陆在这个部分十分坚持的话，就会面临交流停摆的处境。然而，展开两岸故宫交流的政治决定是由双方最高领导阶层提出的，不太可能因为名称问题就停止。双方应该都会务实地妥善处理。

一如预期的，两位院长口径一致地说："为了回避名称及法律问题，将经由第三方来处理文物借展。多动脑筋以回避名称和法律问题，是很重要的。"显然事前老早他们就已经沟通过了。

我举手提问，投出直球直捣核心："我是朝日新闻的记者野岛，想请教两位院长。此次中国大陆和台湾的故宫展开交流，院长互访往来，令人感到十分惊奇。两岸故宫今后的交流想必也会十分顺利。如果继续下去，在两岸统一之前，近期故宫统一的日子是否会先到来？"

在我发问之后，会场立刻陷入一阵沉默，然后又爆出笑声。这是记者会上出现露骨问题时，大家经常会有的反应。

"两岸"在中文的意思是指"中国大陆和台湾"，亦即是位于台湾海峡两岸的伙伴。双方都主张自己是"中国"，因此称"两岸"，可以给双方都保有面子。用英文的说法，两岸的英译是"cross China Taiwan straits terminology"，有点复杂的台湾问题用语。

我提出问题之后，郑欣淼院长和周功鑫院长两人互看一眼，露出苦笑的表情。先拿起麦克风的是郑院长，和颜悦色地回答："我和朝日的野岛先生很熟，他一直对这个问题很在意。也许因为他是日本人的原因吧。所有的文物都是中华民族的文化遗产，是两岸同胞共有的。这个问题留给未来的两岸同胞来决定，换句话说，就是让历史来决定。我们首先要做好的是丰富现在的交流。"

接着，周院长神情有些紧张地说："故宫的收藏品已经放在台湾六十年了。这是许多同事共同努力守护的结果，在台湾这块土地上，对于台湾民众而言已是不可或缺的存在。另一方面，文化交流非常重要，自不待言。交流的对象不只是北京故宫，与上海博物馆、和故宫关系深厚的沈阳故宫、南京博物院等，也都会开展交流。"

比较一下两位院长的发言，可以看得出来发言的内容有些许微妙的差异。郑院长在目前这个时间点上是不考虑"故宫统一",然而未来并不排除。周院长则认为对台湾来说,故宫在可见的将来也不太可能统一,但是因为了解中国大陆方面的想法,所以不会说出否定交流意义的发言。

我喜欢以男女关系的例子来分析中国大陆和台湾的关系。某位男生(大陆)的目标,就是和从以前就朝思暮想的某位女生(台湾)结婚(统一),现在与这位女生(台湾)交往,嘴巴不提要结婚(统一),却把这样的想法暗藏心中。对于这位女生(台湾)而言,想要开始交往的动机,是因为可以和有钱的男生(大陆)上高级餐厅(经济交流),拿到礼物(投资),虽然女性对男性的价值观有疑虑,现在还不考虑未来结婚的事情,但最好是暂时不要结婚(统一)才是她的真心话。

从两位院长的发言,显现了这对男女朋友(大陆、台湾)对于结婚(统一)这件大事的热切程度不同。

两岸关系改善后台北故宫的"反向操作"

2008年5月执政的台湾国民党马英九,首先处理的就是改善两岸关系。

积累已久的能量得到释放,大概就是像这样子的情况吧。即使在大陆和台湾政治对立的民进党执政时期,台湾企业也已经对大陆投资或进入大陆市场,大陆和台湾间的经济关系业已深厚。在马上台后，重启中断了十年的两岸对话，大陆观光客到台湾访问、两岸直航班机等等，都在马先生就任不到三个月内一一实现解禁。

中国大陆方面热切企盼的"通信、通商及通航自由化"，台湾在2008年底也欣然同意。这是邓小平为统一台湾打造出来的"锦囊妙计"，用以取代武力统一。邓小平在九泉之下有知，也会十分惊喜吧。

在新执政党上台后，台北故宫也面临新的时代。民进党曾经尝试想把台北故宫转变成"亚洲的故宫"，在第一章中已清楚提过。夺回执政权的国民党，开始否定民进党的故宫改革，历史的钟摆又再次摆荡到另一端。

新任台北故宫院长周功鑫是位历经风霜、经验丰富之人。大学时学的是法文，进入故宫的第一份工作是法语导览解说员，认真研究艺术，后来成为研究员。因为对于法国艺术造诣深厚而获得重用，曾担任蒋复璁、秦孝仪两位院长的秘书。90年代曾离开故宫从事研究工作，担任台湾辅仁大学博物馆研究所所长。因为马英九的人事布局，再度回到老巢。

周功鑫担任院长的消息，被

>> 台北故宫院长周功鑫（作者提供）

媒体报道评论为"老故宫归来"。"老故宫"是指1949年时和故宫文物一起撤退到台湾的那批故宫职员,周功鑫属于战后的一代人,因此严格算来并不正确。然而周功鑫的确是继承了"老故宫"的价值观,这在故宫相关人士之间广为人知。若非如此,她在两位深具"老故宫"及国民党价值观的院长之下,也不可能担任秘书且备受重用。

同样是女性的前任院长林曼丽就完全不同。林曼丽带着文化人的华丽气息,周功鑫则是通过长期积累点滴的经验而成的"故宫人"。在不同层次的意义上,这两位院长形成对比。故宫在政权从民进党移转至国民党之后的转变,新旧两位院长无疑是最好的象征。

我曾经一对一地专访周功鑫,前后共计五次。首次专访是2008年4月,那时指派周功鑫为院长的消息刚刚传出,我随后到她在辅仁大学的办公室采访她。这是几次专访周功鑫中,访谈最为深入有趣的一次。采访时经常发生这样的情形。在尚未就任院长前,也许因为还是民间人士的立场,向来谨慎的周功鑫在这次专访中比较畅所欲言。在重要人物就任前就先约访,所谓"打铁趁热"通常还满有效的。

针对民进党的故宫改革,周功鑫肯定地说:"故宫不是亚洲的博物馆,而是中华文化单一主题的博物馆。"前任院长杜正胜及林曼丽将故宫的展示从"按主题分类"改变为"依照时间顺序"。但周功鑫指出,这个改变有问题,并且明言:

"将考虑参观者的便利性,希望回到原本按主题分类的展示方式。"

针对民进党故宫改革重点的"故宫南院",她说:"故宫究竟有无必要设立什么样的分馆,我将重新调查。故宫不可能将文物大量迁往南院。南院作为单纯的博物馆是否能够聚集参观者?做成一个文化主题公园是否更好,我将讨论变更这些计划。"

她明确表示将全面研究故宫南院的定义及定位。我一边听她说,写笔记的手也感到了一丝震撼。

周功鑫在政治上并非采取激进手段的人,但她却如此清楚明白否定了前一执政党的故宫定位。代表"中华"的博物馆走向,即将再度面临重大转变。

"南院"的命运如风中之烛

2008年国民党马英九就任台湾地区最高领导人,故宫南院的前景日益不明。故宫南院的设计者普理达克对于故宫南院计划延迟不动深感不满,中间还一度提出辞职,两者发生违约纠纷,甚至普理达克还控告故宫没有支付设计费。

2009年3月,周功鑫院长宣布了新构想,故宫南院将被改造成为"亚洲文化与花卉的主题公园"。过去也只提出过亚洲文化的博物馆,现在加上"花卉",其构想是台北故宫提供与"花卉"相关的陶瓷器或书画等文物助阵。

以博物馆为中心的计划以可能无法吸引游客为理由突然变更，引发地方人士及民进党方面的骚动。我们媒体记者也是丈二金刚摸不着头脑，心中不免存疑："为什么要以花为主题？"

台北故宫的说法是："因为嘉义是农业县"，但是还是想不通。在专访时，周功鑫对我说："如果南院没人来，博物馆空荡荡的会变成台湾的耻辱。这是我们从吸引观光客的角度来考虑，讨论出来的结果。"

台湾人把"空荡荡的公共建筑"称为"蚊子馆"，是以没人管理、没人来访、只有蚊子飞来飞去的印象来取名。周功鑫受访时也用了"蚊子馆"这三个字，令我印象很深刻。因为故宫壮丽的形象和"蚊子馆"真的有天壤之别。

亚洲、花卉，这么暧昧不明的主题，让故宫南院的印象飘浮在宇宙中。本来是2010年，最晚也是2011年应该竣工的，但直到本书日文版截稿的2011年3月，台北故宫才宣布，故宫南院将于2015年完成，真的是一延再延。

我的预测是这样的，民进党最初提出的故宫南院变成"世界级博物馆"的可能性，几乎消失殆尽。最后大概会缩小为地方级的博物馆，兼具休闲旅游功能的复合性主题公园。民进党许下"故宫南院带动故宫改革"的宏愿，已是风中之烛。台湾政治因两大政党意见完全相左，政治的动向会改变所有事物的发展。如果未来的大选再度带来执政权交替,民进党东山再起的话又怎么办呢……这样的念头闪过眼前。

距离第一次专访半年后,再度接受我采访的周功鑫,对于经营故宫展现出得心应手的样子,言谈间充满自信。周功鑫一开始就说,杜正胜等人推动的故宫"多元化","是没有意义的"。

"他们的做法会把故宫本来的特色打散。博物馆的经营不能太博,中华文化才是故宫的特色。杜先生的想法不是多元化,而是'去中国化'。方向不对,表示他对博物馆的认识和专业性不够。因为故宫原来就是以宫中收藏为主,不可能再去结合其他亚洲的文物。"

杜正胜认为"故宫比世界一流博物馆逊色"的看法,周功鑫完全不作此想。"故宫的优点,尤其是收藏品的精致程度,是世界其他博物馆所不及的,连北京故宫也没办法比。我们比较不足的可能是数量上少一点,只有六十五万件,不过在精致度上我们是最好的,也是精致的部分中数量最多的。"

对于南院,周功鑫的态度则是有所保留:"台北故宫的文物不会搬过去,但是可以协助。名称的部分,最后由政府来决定,我们了解如果只是在嘉义设立一个博物馆,可能很难吸引观光客,如果旁边有个例如和西游记相关的主题乐园,也可以达到振兴嘉义观光的目的。"

另怀心思地展开交流

本章一开头提到北京及台北故宫两位院长的记者会,现在时间要回溯到记者会前的半个月。

隆冬的北京,冰冻的空气刺痛脸颊,连脚趾都冻僵了。如果不是因为采访,我是不会想在这个季节来到北京的。台北故宫的院长首度访问北京故宫,中国大陆和台湾的故宫院长第一次见面,为了见证这个历史性的一刻,我是没有理由缺席的。

北京故宫四面都有门,通常观光客从故宫南侧面向天安门广场的"午门"进入故宫。周功鑫头一次以台北故宫院长的身份,从午门踏进位于紫禁城的北京故宫。

>> 台北故宫院长周功鑫首度造访北京故宫,由当时院长郑欣淼做向导(作者提供)

当时的北京故宫院长郑欣淼负责导览紫禁城，媒体记者和摄影机也在后头追着跑。这一天，北京天空万里无云，太阳的紫外线特别强烈，周功鑫始终戴着墨镜，如此拍下的首度访问照片有点缺憾，一起去的北京新闻摄影记者一直念叨个不停。周功鑫的北京访问之行因具有历史意义而在中国媒体圈引起骚动。那几天中央电视台也大幅报道相关新闻。中国大陆欢迎两岸故宫交流，其背后的政治动机是很明显的。

在这十几年来，台湾人的身份认同（identity）和中国大陆渐行渐远。90年代李登辉执政时期，重新评价对台进行半世纪殖民统治的"日本精神"，以台湾为中心重新编写历史教科书等行为，逐渐淡化了岛内及国民党从中国带来的中华思想。2000年当选的民进党陈水扁进一步推动"去中国化"，加强认识台湾这块"母亲的土地"，展开"台湾本土化"。推动的结果，认为自己"是中国人"的比例下滑了。

中国大陆领导阶层感受到危机，因此做出结论，决定了"文化统一"先行的战略。2008年底中国最高领导人胡锦涛国家主席，发表未来对台政策的重要谈话，称为"胡六点"。在这份中长期的对台政策纲领性文件中，胡锦涛提到文化交流的重要性，谈及"开展各种形式的文化交流，形成共谋中华民族伟大复兴的精神力量"，这在六项中占了一项，可见其举足轻重。对于大陆中国人而言，依据领导阶层的意向，称颂政治主流意见外，在个人层面也热心于故宫交流。

只是当时北京故宫院长郑欣淼不是个政治味浓厚的人物。他原来是地方官员，在担任故宫院长前，曾任陕西省委副秘书长，也当过中国偏远地区之一的青海省的副省长。因为"喜好文化和文学"，公务之余也从事鲁迅文学的研究，留下重要的研究业绩。担任故宫院长以后，努力学习故宫的历史和文物，陆续出版多本有关故宫历史、比较北京及台北两地故宫等著作，也倡议创设"故宫学"，综合研究故宫的历史及收藏品。

学者型的郑欣淼开始与台北故宫交流，一再强调北京与台北故宫之间的"互补性"。他主张故宫原来只有一个，既然分成了两个，不足之处可以从另一个故宫补足。

在隆冬的北京拜会郑欣淼时，他是这么说的："两岸故宫长期以来因为种种原因，没有正式的往来，我虽然曾以个人的身份去过台北故宫，但是不是正式以北京故宫院长的身份去的。这是比较可惜的。"

"例如，因为历史等诸多因素，收藏品中本来是一个系列的文物，一部分在我们这里，一部分在台北。我们认为原来是一个东西，可以因为相互交

>> 北京故宫院长郑欣淼（作者提供）

流之后，促成过去做不到的研究。如果我们设置共同的研究中心，彼此的研究人员可以一起合作，将可以实现高水平的学术研究。特别是胡锦涛总书记提出'胡六点'以后，两岸文化交流形成很好的氛围，台北的故宫院长也来到故宫。

"关于两岸合作办展，我们的收藏品到台北故宫没问题，也很欢迎台北故宫的收藏品过来。两岸交流中，文化交流特别重要，这是传统中华文化赋予两岸同胞的一种民族认同感，也是和其他国家关系中看不到的。例如中国赠送熊猫给日本，也送到其他国家去。但是故宫的中华文物只在北京和台北才有，在两岸交流中具有重要的作用，是不可代替的。"

的确言之有理，但我故意找碴问他："关于您提到互补性，但是台北故宫相关人士认为北京故宫是个空壳子。北京故宫的紫禁城虽是登录为世界遗产的伟大建筑，但是好的收藏品全都被带到台北去了。即使提到互补性，好像只有北京方面有这个需求吧。"

郑欣淼有点动怒，他一一反驳，大概这样的问题已经被问了很多次。"这个我不同意，我认为最主要是台北故宫确实不了解北京故宫，包括北京故宫的人也都不了解。不要说是台北，大陆好多人也不清楚。台北故宫的收藏品一直是比较公开的，过去也曾经到美国展览，账目是比较清楚。北京故宫一直没有对外公布过，也没有花力气在对外宣传上。还有展示的场所是宫殿，这对北京故宫有很大的限制。来故宫的人很难把所有的展场都走过，地方太大了，不容易参观也是一个原因。"

"具体地说，北京故宫在哪些方面比较好？"

"中国传统的文物，例如青铜器、书画、玉器，在台北故宫近一万件，我们拥有十四万件，台北故宫的收藏品，在宋、元以前的宫廷珍品方面比北京故宫多，但是我们在明清文物方面比较丰富。"

"一般而论，中国的艺术在宋朝时达到最高峰，从这个角度看，最好的东西还是在台北，这样的说法不对吗？"

"话不能这么说，举例来说，最好的书法作品是西晋和东晋时期，北京故宫在这方面收藏很多。"

"台湾方面担心，如果把文物借给北京会被扣押下来。"

"我认为不需要担心，也曾向台湾的记者说过，但是台湾方面有这个顾虑。下一步怎么样，我们大家都在努力，用智慧想办法解决。"

这样的对话一来一往，专访郑欣淼的时间很快就超过两个小时。过去访问中国官员，常常从头到尾都是场面话，没有什么具体内容，但是访问郑欣淼后，了解了许多中国大陆方面对于故宫的认识与想法，很有意义。

从北京回到台北的周功鑫，很快就着手准备郑欣淼的回访，郑欣淼也如约搭乘两岸直航班机，降落在台北松山机场。两位故宫院长的会谈，讨论未来故宫交流的方向，也包括与上海博物馆的交流。内容涵盖不同层面，建构了全面合作关系的架构，主要内容如下：

一、双方同意在不涉及名称载示及法令之前提下，先进行实质性合作；

二、由北京故宫李季副院长、台北故宫冯明珠副院长、上海博物馆陈克伦副馆长担任交流窗口，除每年定期会商，并随时就交流进展进行讨论；

三、学术人员互访，期间从三个月到一年；

四、双方轮流主办学术会议；

五、双方共同决定研究课题；

六、出版品及数据交换、共同出版。

2009年10月举办的"雍正大展"，实现了两岸故宫的合作办展。我在这个时候申请第三次专访周功鑫，也获得同意。

展览开幕前的周功鑫，信心满满地期待这次的展览。"一般的印象认为，雍正皇帝是一个残酷严格的皇帝。这次的展览应该会颠覆这个先入为主的观念。因为他是一个勤政的皇帝，批阅奏折非常仔细，特别从景德镇选出监督官员来制造瓷器。在任期间虽然只有十三年，但是当时国库充裕，甚至导入了官员养老年金的先进制度。"

我继续追问："听说雍正大展原来是台北故宫自己办展，

如果没有北京故宫的展品，这次的展览是否就不可能办得这么成功呢？"

周功鑫表示："虽然没有北京故宫的展品也可以办展，只是质量上达不到这么淋漓尽致。例如我们有画像，但是没有雍正皇帝装扮成道士的像，或是外国人的画像。我们也没有十二美人图，从这个美人图就可以知道雍正的审美观。有了北京故宫的协助，让这次的展览更加多元而完整。"

我又问道："与北京故宫这个对手来往，有没有什么特别困难、不好沟通的地方？"

"举例来说，我们和法国合办展览，可以直接和法国的美术馆签约。但是和北京故宫的话，就得通过第三方的机构来签约。这次就是联合报文教基金会来扮演这个角色。我们的正式名称是'国立故宫博物院'，但是用这个名称签约就有困难，必须花费一番工夫。但是只要双方有诚意，大部分的问题都可以克服。"

"照这样说来，下次会在中国大陆合办展览吗？"

"台湾有司法免扣押的制度，这次我们向文建会申请，北京故宫有三十七件，上海博物馆有两件来台湾展览，2009年10月7日到2010年1月10日期间，台湾任何人向法院申请假处分都不会成立，但是中国大陆没有这个制度。

"因此先在台湾举办合展，现阶段台北故宫的收藏品是不可能出借过去的。"

下一个目标——"日本展"

与中国大陆关系"正常化"之后的台北故宫,提出下一个目标。那就是过去从未实现的故宫文物赴日展览。

因为抗日战争,故宫的收藏品是不可能到日本展出的。战后北京故宫文物曾经到过日本几次,但是从未举办过正式的展览。

在两个故宫博物院当中,日本的文化界人士特别关切期盼的是台北故宫的收藏品能到日本。理由是台北故宫的收藏网罗了"珍品",魅力无穷。60年代,当时的首相岸信介和日本经济新闻社当时的社长圆城寺次郎起头,提出日本展的计划。台湾方面也因为蒋介石的指示,开始与日本方面交涉,但是最后卡在台湾要求日本政府保证文物的安全这件事上,计划因此夭折。

时间来到2010年底,与我见面的"台湾驻日代表"冯寄台,把促成台北故宫文物到日本展览作为他任内的目标,此时他显得十分焦虑,因为这个展览计划遇到困难。

冯寄台在2008年秋天赴日履新,当时的日本内阁和国会对于故宫赴日展览的反应良好,一副势在必行的样子,计划看似在2010年就会付诸实现。但是这条路走得并不平坦。

执政权交替后的台湾国民党马英九当局,为与民进党抗衡，与日本的关系方面必须做出成绩，这是马英九的宿命。

陈水扁与日本的关系相当平顺。日本驻台代表池田维，也是日本交流协会台北事务所所长，他在2008年7月离任时曾说："现在与日本关系是1972年断交以来的最佳状态。"

陈水扁当局为追求"台湾的独自性"，发出偏激的言论并造成两岸关系以及同美国的关系冷却，为了弥补这些败笔，就以推动对日关系为最优先工作。在彼此都主张所有权的钓鱼岛问题上，压下渔民的不满。陈水扁还空出时间，亲自接见来自日本的国会议员等重要人士。有关中国大陆军队动向的情报也都会转至日方。

长年受到国民党压抑的"亲日派"，在台湾社会基层其实反而可以普遍地自由表达意见。台湾整体社会与日本间的距离急速缩短，这在陈水扁执政期间尤为明显。

另一方面，马英九有先天上的障碍。他是"外省人"，一般出身中国大陆的人对于日本通常不会有太好的感觉。而且他在留学美国哈佛大学期间，曾经撰文主张钓鱼岛的所有权不是日本的，担任台北市长期间对于日本的立场及态度严苛，被视为"反日"也是无可厚非的事情。选举期间被民进党对手贴上"反日"的标签，想要拉走票源，马英九只能不断拼命重申："我不是反日。"

当选之后不久，倒霉的事情找上了马英九。2008年6月在钓鱼岛附近发生台湾渔船沉船事件。这个海域是个环境良好的渔场，频频出现台湾渔船，日本认为其违法捕鱼，近年来，日本的海上保安厅采取严密措施应对。

当时载着十几名钓鱼客的渔船进入离钓鱼岛十二海里的位置，海上保安厅的巡逻船要求停船临检。在双方不注意控制的情况下，日本巡逻船撞上想要离开的台湾渔船，船型较小的台湾渔船被撞沉。虽然没有闹出人命，但是船长和钓鱼客都被带到冲绳接受"审问"。

台湾方面当然不认为日本拥有钓鱼岛的所有权。岛内政治上，马英九当局激烈批评日本。向来对日严苛的"右派"国民党议员和媒体，也全都开始批判日本，一夕之间对日的反弹声浪迅速沸腾。

当时马英九任期才开始，有关安全议题及危机管理的团队机制尚未完全就位，响应的方式只能是应付媒体舆论。本来应该立即采取止血措施，但由于"行政院长"刘兆玄"不惜一战"的发言，更凸显马英九当局的强势作为。最后日本以赔偿台湾渔船损失收场，但是日本方面认为"马英九果然是反日派"的声音甚嚣尘上。

对于台湾而言，与日本的关系是与中国大陆相提并论的重要关系，日美安全保障的架构，对于台湾有形和无形的"保护"是不可或缺的。再者，在台湾民众普遍亲日的环境下，"反日"的形象会流失票源。为了四年后竞选连任，马英九不可能忽视日本对于其缺乏信任的问题，因此把身边的重要政策智囊冯寄台派去日本。

冯寄台说："在他赴任前，马英九交付了'三项任务'。"第一项是开辟日本羽田机场和台湾松山机场之间的直飞航线。这在2009年已大致谈判完成，已于2010年秋天启航。

第二项是日本的外国人身份证问题。长年以来台湾人被登记为"中国人"，他的任务就是要为其加上"台湾出身"，这也在2009年日本修正入境管理法后达成。最后一项尚未完成的任务，就是台北故宫的日本展。

唤动李登辉的司马辽太郎

日本政治的混乱连累了故宫的赴日展览计划。赴日履新的冯寄台提出了目标，希望达成历史上首次台北故宫展，想要担任主办单位的日本各家媒体随即积极接触冯寄台。

朝日新闻、日本经济新闻、产经新闻、NHK等各家媒体的社长层级人物，都与冯寄台见面，寻求"由本公司担任故宫展的主办单位"。

这是可以想象得到的，故宫展是介绍外国文化的艺术展中最具号召力的一个展览，担任首次故宫日本展的公司，也会在日本文化事业史上留下名号。同时故宫展会面临其他展览所没有的各种"困难"。愈是困难愈想尝试，这也是经营者的心态。

NHK 在 1996 到 1997 年间，播放过大型系列特别节目《故宫——由稀世珍宝窥见中华的辉煌五千年》。

NHK 当时是头一次在同一个节目中出现北京和台北两个故宫的镜头。通过两个故宫收藏数量庞大的文物，串起中国的历史，节目具有相当的雄心，也受到各界瞩目，收视率很不错。

在同一个节目同时处理两个故宫的事物，这是中国大陆或台湾的媒体做不到的。制作节目过程中，也因为两个故宫牵涉的敏感政治问题，让 NHK 伤透脑筋。

拯救了 NHK 的是作家司马辽太郎。

对 NHK 的节目企划，中国大陆基本上是采取接受的立场。对于大陆而言，为了未来的两岸统一，两个故宫本来就是一个，可以经由日本的电视台通过文物提出这种观点，当然没有理由反对。问题在台湾这边。

北京故宫的名称是"故宫博物院"，而台北故宫的正式名称是"国立故宫博物院"。"国立"这两个字出现问题。中国大陆不承认统治台湾的"中华民国"，不承认其存在。在节目片尾出现冠有"国立"的国家设施名称，自然不能接受。然而台湾认为自己是个独立政体，坚持"国立"的名称不能拿掉，这让 NHK 很困扰。

当时 NHK 的节目制作人后藤多闻，曾经拜托台湾驻日代表、也是国民党大佬的许水德帮忙解决问题，但没有结果。

后藤于是想到："与其找政治家，也许不如借重文化人的力量比较好。"便找了司马辽太郎协助。

司马辽太郎和李登辉之间有特殊的交情。同样是历史作家的陈舜臣，也是NHK故宫节目的顾问团成员之一。后藤把说服李登辉的工作，交给了司马辽太郎。

为了在《朝日周刊》连载《街道漫步——台湾纪行》，司马辽太郎在1993年1月曾专访李登辉。在这次的专访中，李登辉提出"生为台湾人的悲哀"、"国民党是外来政权"等大胆言论。司马辽太郎和李登辉交流之后，也对于在外省政权下"受压抑的台湾本土民众"表示了"同情"。

因为《台湾纪行》的发言，李登辉被中国大陆视为"潜在独立派"，司马辽太郎也因为这个专访，无法再到中国大陆采访旅行，但这次专访留下不少逸事。李登辉也答应要带司马辽太郎到台湾东部的花莲走走。司马辽太郎为了和李登辉再见面，同年4月再度访问台湾。

4月再访台湾时，司马辽太郎拜托李登辉："如果要实现这件事情，只有NHK做得到。"司马辽太郎的一句话，产生很大的效果。在这年的6月，后藤多闻突然接到台北故宫院长秦孝仪的传唤。原来非常顽固的台北故宫，同意NHK提出的条件，协助拍摄节目。这是因为李登辉下达了指示。

NHK提议不放"国立"这两个字，协调采用"北京故宫"和"台北故宫"的称呼，台湾方面接受了。从此以后，两岸间彼此的交流也沿用这个称呼。本书原则上也萧规曹随，用以区分中国大陆和台湾的故宫。这个用法的起源就是在此。

节目平均的收视率高达14%—15%，非常成功。但遗憾的是，司马辽太郎在节目播出前的1996年2月过世了，无缘看到与自己关系密切的两个故宫的节目。

"如果没有司马先生，台湾方面会说OK吗？"后藤多闻不禁回想这个问题。司马辽太郎以他自己的方式探索故宫，怀抱着想法希望理解文物体现的"中华"。当时他曾对后藤多闻提问说："汉是什么？'中华'是什么？"

后来后藤对大家说："汉是民族的称呼。关于'中华'，司马先生说，应该将'中华'理解为文明。从文明主义的观点来说明一个地域。但是从近代以来，'中华'实际上经常被政治所利用。司马先生应该会希望将两者区别清楚吧。司马先生本来要在节目中，与陈舜臣先生以对谈的方式讨论这个问题，实在很可惜没机会实现了。"

在NHK特别节目播出以后，后藤多闻出版了一本书，书名叫《两个故宫》，比节目内容更为深入地探讨故宫。因为制作这个节目，NHK提出主办两个故宫一起到日本展览的计划。司马辽太郎也期盼这个计划能够实现，但是问题出在"免遭强制执行、假扣押"的法律。

分隔两边的故宫文物，经常出现一方向另一方主张"所有权"的疑义，很可能发生要求讨还的风险。台湾担心的是，为了到日本展览把故宫文物送到日本后，中国大陆会在日本向法院提出所有权的诉讼，申请文物不得回到台湾的假扣押或假处分。因此在等待法院判决的这段期间，文物会卡在日本动弹不得。

日本和中国大陆有邦交，不承认台湾是"国家"。日本对于两岸问题的立场，基本上是"理解并尊重"中国大陆的主张，也就是"大陆和台湾是一个"，所以一般来说，从文物是国家所有物的观点来看，有关所有权的法律争议，台北故宫在日本并非站在有利的立场。对于台湾方面而言，如果文物暂时出借到海外最后拿不回来，不是台北故宫院长的位子不保，连"行政院长"都要下台。由此可以理解台北故宫如此审慎的原因何在了。

战后，台北故宫也曾赴海外举办数次大型展览。例如1961年及1991年曾在美国展览，之后也曾在德国、英国、法国、奥地利等国展览。也许名称不尽相同，但每个国家都有法律保证"免除假扣押"，因此台北故宫才会同意出借收藏品。

台湾方面同样也向日本要求"免除假扣押"的立法措施。但是日本方面以当时的国会情况为由，表示通过议员立法有困难。中国大陆的文物局表示可以出具保证，说明："台北故宫文物到日本，不会发动假扣押。"然而台湾方面表示"北京空口无凭，不能相信"。

从NHK节目发展出来的联展构想，因此夭折。

平山郁夫有志未竟成

2000年开始的八年民进党执政时期，故宫赴日展览计划完全没有进展。除了因为中国大陆和台湾的对立，日本方面的主办方也是犹豫不决。

然而国民党马英九上台以后，故宫日本展相关的问题和行动从四面八方冒出来。"希望实现故宫的日本展"，马英九当局明确地向日本传达了这个讯息。马英九上台后，两岸关系改善，与故宫相关的两岸政治问题，风险也大大降低，因此日本也比较容易展开行动。

有关故宫日本展一事，90年代，曾有战后日本代表性作家司马辽太郎居中斡旋，而这次是由日本战后画坛的代表性画家平山郁夫出马，担任协调角色。

平山郁夫因为以丝绸之路为题材的作品成名，担任中日文化相关团体的负责人，他在中国大陆政府中握有相当重要的人脉。平山郁夫将故宫展定位为他人生的大事业，目标就是要举办北京和台北两个故宫联展。

展览时间设定在2011年。这一年正逢推翻清朝、辛亥革命一百周年之际，同样发轫于辛亥革命之后的共产党和国民党，由故宫文物分别代表大陆和台湾，有希望能同时在东京相遇，浪漫演出。

平山郁夫挑选了一个最佳场地——东京国立博物馆作为故宫文物在日展出的历史性舞台，这是具备政治敏感度的平山郁夫才会有的良苦用心。平山郁夫有渠道直通中国政府最高领导阶层的人物，相当有把握可以获得同意赴日展出。问题就只剩下台北故宫这边了。要台北首肯到日本展览，日本政府必须实行免除假扣押的立法措施。2009年，平山郁夫邀请立场偏向大陆的自民党国会议员的代表性人物加藤纮一和立场偏向台湾的自民党古屋圭司，到东京赤坂的饭店用餐。已故前首相竹下登的弟弟竹下亘议员、已故前首相小渊惠三的女儿小渊优子议员也都出席晚餐。平山郁夫开门见山地说："中国大陆、台湾都各有故宫的珍品想到日本来展出，各位，我们希望有一致的共识，通过免除假扣押的法案。"

加藤纮一和古屋圭司这些人都愿意参与这项历史性的事业。加藤纮一在餐会后不久联系平山郁夫表示："自民党的党团已经知道这件事情了，民主党那边也没问题。"

集合两个故宫文物举办大规模展览，应该由什么成员来筹备，也要开始策划了。

2009年6月，在东京浅草桥的"龟清楼"。这是安政元年（1854）创业的传统日本料理的百年老店，平山郁夫很喜欢来这里。这一天，平山郁夫运用他的人脉，聚集了朝日新闻、NHK、全日空、电通、东京国立博物馆等企业或团体的老板及负责人。那时，已经高龄七十九的平山郁夫热情地说着：

"中国大陆、台湾的两个故宫，本来是一个。但现在不幸地分成了两个，能让它变成一个，是我的梦想，我的愿望。"

筹备会暂时定名为"两岸故宫展示实行委员会"。会长是平山郁夫。会员包括朝日新闻、NHK、东京国立博物馆等机构。平山郁夫亲自写信给中国文化部。台湾方面则等待通过免除假扣押法案后，便可以开始行动了。不幸的是，计划展开之际，适逢2009年8月，自民党在国会选举中大败并失去政权。已经协调处理的法案又得从头再来。

几乎在同一时期，平山郁夫罹患脑梗塞，最后的阶段还说："希望打针不要打拿笔的右手。"结果病情还是没有好转，在同年的12月去世。司马辽太郎也好，平山郁夫也好，这两位战后代表性的文化界人士都把故宫当作人生最后的舞台，但都无法亲眼目睹故宫文物到日本展出就离开人世，真是令人遗憾的巧合。

民主党政权的混乱引发再度触礁

另一方面，日本方面开始有动作，要促成台北故宫在日本单独展出，而非两岸故宫联展。这次是由产经新闻主导。该报社与台湾保持长年的深厚关系，最先牵头推动台北故宫单独在日本展览，由高层出面积极洽谈。

2010年5月，产经新闻社长住田良能访问台湾，拜见马英九时，他强烈表达期望说："产经新闻早在三十年前就在积极推动台北故宫的文物到日本展出，这也是日本国民引颈企盼的盛大活动。有关保护海外文物的相关法规，在日本国内已有所进展，富士产经集团希望能把握这个机会，让日本国民亲眼目睹深厚的中华文化，所以非常乐意促成此事。"

住田良能与台湾关系匪浅。在70年代国民党一党专政的时代，产经新闻就曾经独家访问蒋介石先生，由住田为撰稿核心，出版《蒋介石秘录》（中文版名称是《蒋中正秘录》）。产经新闻从那个时候起，就把主办故宫日本展当作该报社的重大任务。

马英九先生并没有口头承诺产经新闻，但是住田似乎抱持着高度的期待，回到日本以后，立刻去拜会东京国立博物馆，并请求说："如果能举办故宫展览，请务必同意出借场地"。但是东京国立博物馆的立场很微妙，产经要主办台北故宫单独在日展览，不是一件单纯的事情。

这是为什么呢？东京国立博物馆是日本的国立博物馆，与日本没有邦交的国家和地区，要在该博物馆单独举办展览，可行性几乎是零。因此两岸故宫联展是最低底线。这也是平山郁夫当初构想把东京国立博物馆加进来的原因。

除了东京国立博物馆以外，台北故宫单独展览要找到合作的国立或公立博物馆的可能性不高，倘若果真如此，难得到日本一趟的台北故宫展，将可能因为展览场地狭小，沦为一场次要的小展览。

虽然没人预料到平山郁夫会这么快过世,但是台湾方面对于故宫展览的热情不减。2010年以后,台北继续对日本国会议员下工夫协调,促成提出免除假扣押的法案。

执政党的民主党决定在春季的国会会期中,提出《海外美术品等公开促进法案》,在文部科学省(教育部)及外务省(外交部)的协议下,依据展览主办单位提出的申请,指定保护对象及保护期间,可回避假扣押。这个法案也获得在野党自民党中一些团体的支持。

同年4月,日华议员恳谈会会长平沼赳夫出席"台北驻日经济文化代表处"成立"台湾文化中心"的开幕典礼,当场明确表示:"5月连休后,如果法案提出来,将会获得超党派的支持通过。"距离故宫日本展的实现,又更接近了一步。

不幸的是,日本鸠山首相因为冲绳的美军普天间基地问题协调失败,国会的运作陷入停顿延迟,与故宫相关的这个法案变成非优先法案。到了7月参议院选举时,执政党的民主党惨败,法案又回到了原点。

虽然如此,台北故宫要求的免除假扣押法案终于在2011年3月通过。朝日新闻、日本经济新闻等媒体又开始积极游说台湾。2011年5月我专访马英九先生时,马先生表示:"2013年或许是个适当的时机。"

故宫文物总是容易受到命运摆布、难关不断。未来台北故宫文物赴日展览，会有什么样的意外变化，谁也不能掉以轻心。

秘藏在文物里的价值观

　　从故宫交织出来的故事中，令人了解到博物馆的存在竟然可以是如此惊心动魄。过去对于博物馆的印象是安静的，但实际上却非如此。内部的展示品经常更替，展示的意涵也会传达活灵活现的信息。从展示品、人们的表情、整体的气氛等都可以解读这些信息。

　　一个统治者会运用某个场馆来反映他的意志以及对未来的理想，这从建筑上也看得出来，例如国会、首相官邸、纪念碑等都是。执政者经常将发展方向、领导人的理想投射在巨大的建筑物上，因此建筑可说是象征时代的精神。如果说巨大建筑是硬件，博物馆可说是体现统治意识的软件的代表。展示的内容及方式包含了领导人的理想。民进党和国民党针对台北故宫的争论，正是博物馆作为政治道具的佐证吧。

　　此外，博物馆也是政治盛衰的象征。清朝末年是中国孱弱的时代，文物流出海外；新中国诞生后，发生了"文革"之类的事情，故宫的营运也跟着混乱。

　　通过博物馆也可以了解该国国民的美感意识及精神。我每次访问故宫，都会让我更加确定一件事情，那就是日本人和中国人对于"美"的品位不同。中国人认为"很美"的东西，日本人会觉得虽然"很了不起"，但"美"中却带有"不祥"、"恶心"的感觉。

以青铜器为例，中国铜锡合金的青铜器自古以来就很发达。青铜器是武器，也被当作祭祀器具。留存到现代的青铜器已氧化褪色变成黑青混杂的颜色，显得十分厚重。黯淡的青铜器颜色，与日本人喜欢的"锈斑"也多少有类似之处。这个黯淡的颜色，正是经年累月沉淀出来的变化，而当时刚制作好的青铜器则宛如不锈钢光洁可鉴。古代中国的祭祀主要在夜间举行。在没有电力的黑夜，闪闪发亮的青铜器具被用来切割祭拜用的牺牲品。文物是历代皇帝用来让民众相信他有"神性"的东西。

在青铜器上，经常刻有密密麻麻的图案。看上去好象现在的拉面碗上字迹的雷文也是其中之一。我最喜欢的青铜器是雕刻怪兽图案的，张开的眼睛、夸张的嘴巴、曲折的角，像怪物，也像龙，或是鬼。这样的图案被称为饕餮。饕餮是中国神话里的怪兽，体型像牛或羊，有弯曲的角、虎牙、人脸。饕餮的"饕"是贪财，"餮"是贪吃。本来的意思是什么都

>> 置于北京故宫的三羊尊青铜器（作者提供）

贪的恶兽，后来转化为什么妖魔鬼怪都能吃的避邪之神，受到大家膜拜。皇帝甚至可以使用饕餮的器皿煮食人类，同类相食。他希望通过文物、通过神灵，告诉人民他君临天下。

这样的不祥之物，中国人却觉得美。

日本研究有关中华文物历史意义的重要学者——东北学院大学富田升教授认为："中国人对于美感的价值观底层中，存在着独特的崇拜不祥的青铜器的价值观。"我也有同感，那里有着一般日本人不易理解的世界。

不只是青铜器，在思索理解故宫的这些日子，我也在思索中华民族的文物价值是什么。这个谜团实在是超出自己的能力范围，所以我被故宫的"不可思议"吸引着，一步一步开始了探索故宫文物及历史背景之旅。采访的足迹不仅踏遍台北、北京，也遍及了上海、南京、沈阳、四川、重庆、湖南、香港、新加坡、东京、京都等地，我专访过的人数超过上百人。

在这过程中，摸索出几点心得。中华政治十分重视文化。然而这与其他国家提倡的"文化重视"，内涵并不相同。在中华历史上，文化几乎等同于政治。文化是用来证明政治权力的道具，也是权力与社会、权力与历史的指标。

对于政治不断变迁的中华民族而言，历史传承极为重要。中国是世界四大文明古国之一，历史悠久，这也是中国人十分骄傲的地方。中国并没有像日本万世一系的天皇家族，也没有贵族。朝代兴亡交替，新朝代诞生，旧朝代的统治家族即遭灭绝，或者大隐于市，因此在能够证明中国悠久历史的证据里面，基本上没有家族、血统这个要素。

但是证明自己生命和存在的"荣耀过去"，这种事实必须获得某种方式确认。人们没有过去，就不可能有现在。而继承过去的就是文物，文物的所有人就拥有历史。手上握有历史，权力就有"正统"的权威加持。

朝代兴盛之时，皇帝就想把前朝因为战乱失散的文物再度找回，同时自己也开始热衷于文化振兴。因为没有文化，就进不了"中华"的传统。朝代衰退后，文物开始离散，但又因为新朝代的诞生，文物再度回到皇帝身边，这个过程循环不已，令朝代和文物形成密不可分的关系。

第一任台北故宫院长蒋复璁的论文中曾提到，周朝的记录也显示王宫内有收藏文物的地方。西汉的"石渠阁"、"麒麟阁"；东汉的"云台"、"东观"，都是宫廷内的图书馆或博物馆。唐代也有"凌烟阁"、"弘文馆"等图书馆或博物馆。文化最为兴盛的宋朝，六个收藏书画的地方称为"六阁"，现在故宫收藏的文物中，也有盖上宋朝官印的东西。因此也有人说故宫的收藏始于宋朝的皇室。灭掉了北宋的金，掠夺了所有的文物，不过其不久后又被蒙古族所灭，文物又转移到元朝手上。后来明灭了元，明朝是第一个把文物运到南京的朝代，后来迁都北平时，文物又从南京回到北平。

朝代灭亡时文物流出，朝代兴盛时文物回流。这种文物集散循环持续了五千年的历史，本书介绍的故宫文物的流出及流转、运送到台湾、国宝回流现象等等，都在这部历史上留下一笔。

故宫文物的命运，用"命运多舛"这样老套的形容词是不够的。应该从更长远的眼光看到文物的悲欢离合，甚至可以想成是历史上的一幕。从清朝末年到中华民国初期流出的文物，象征了中华帝国的衰退。为躲避战乱，故宫文物南迁，甚至西移到内陆，也是因为"中华"孱弱、日本入侵所带来的厄运灾祸。

蒋介石把故宫文物运到台湾，这也是象征了中华民族的分裂，两个故宫因此诞生，体现了中华世界的分裂与胶着。目前在台湾的故宫，无疑是证明了中国革命带来的文物流离故事还没结束。

在未来五到十年内，台北故宫不太可能被北京兼并。只要中国大陆没有用武力攻打台湾，台湾的当权者对于价值超过台湾年度生产总值（GDP）的故宫文物，是不会放手的。

集结了中国大陆传统文物精髓的故宫文物，在长期流离之后，随着国民党撤退到了台湾，这是历史性的变迁。大陆、台湾政治分裂以后，蒋介石的国民党当局运用1961年的美国展览，以及1965年的台北故宫落成，向世界诉求他才是"中华文化的正统继承人"，作为政治手段来运用故宫文物。在台湾，蒋介石以故宫为象征，用以对外宣扬"正统性"，对内将国民党和"中华"连上等号，通过故宫向台湾庶民阶层进行渗透。

民进党希望从相反的角度赋予故宫新的政治象征。但是这样的尝试并未成功。2008年夺回执政权的国民党，除了否定民进党的故宫改革，并且运用故宫从事与过去相同的"中华主义"的宣传。甚至把中国大陆认为蒋介石搬迁故宫到台湾是"小偷行为"的说法，当作强调"中华"是中国大陆和台湾之间的联结，巧妙地利用中国大陆、台湾的故宫交流服务于政治，可说是对历史的一大讽刺。

未来大陆、台湾关系改善的新一波政治潮流中，故宫的存在应该更会被当作政治利用的绝妙工具。同时，台北故宫赴日展览的实现之日，也将在马英九当局的对日外交脉络中，持续地实实在在地往前迈进。

另一方面，从清朝末年向世界扩散的文物如今开始回到中国大陆，我们也亲眼目睹这股潮流。今后因为中国大陆的大国化，政治、经济、文化的"国宝回流"趋势将会更强势，而不会弱化。就像潮汐的涨退及月亮的圆缺，中国今后与文物有关的事情应该是朝向"满"的方向走。未来大陆将以北京故宫为基础，更进一步迈向"文化强国"吧。

在这个思考架构下，存在于台湾和大陆的"两个故宫"，将是历史的见证人，也是展望未来中华世界的风向标。

后记①

对日本来说，中华文明的存在有着特殊意义。到台北或北京观光，首选造访的地方就是故宫，曾经去过故宫的日本人可不少。

然而观光客可以慢慢欣赏故宫文物的时间或是空闲并不多，因此在日本得以好整以暇欣赏故宫珍品的"故宫展"，是一个体验中国文化的绝佳机会。光是"故宫展"这个名称，就让展览魅力倍增。

过去日本的朝日新闻社和日本经济新闻社都曾强烈希望主办台北故宫的赴日展览，我在书中提过。2011年6月时，日本新潮社出版本书日文版后，故宫赴日展览一事在日本社会引发讨论，故宫问题正持续发酵中。

在后记中，我想说明2011年6月以后故宫赴日展览的最新动态，也要谈谈故宫问题在台湾的后续发展。

在日本的文化界有个不成文的习惯，每当举行大型艺术展时，一定是由美术馆或博物馆与报社或电视台共同担任主办单位。有关选择展品、制作目录、安排会场展示，及与艺术相关的专业工作等，都由博物馆或美术馆一方负责。而跟保险、运费、入场券收入等财务事项及宣传有关的，就由媒体一方负责。

博物馆、美术馆把不擅长的"经营"、"涉外"部分交给媒体，专注于办理专业的大型文艺展览。另一方面，对媒体而言，如果展览成功不仅有收入进账，同时可向社会大众展现热心文化事业的形象。

2011年5月朝日新闻社拜见马英九先生，我因为也是采访者之一，从东京飞来台北，手上握着一封信和一份中文翻译。这是朝日新闻社社长写给马先生的信，希望台湾方面将台北故宫的赴日展览交给朝日新闻社主办。

2008年马英九执政后，两岸关系大幅改善，一改过去中国大陆和台湾的冷却情况，两岸故宫一同到日本举办展览的可能性大增。基于这样的期望，由日本著名画家平山郁夫、朝日新闻社、NHK、电通公司等为主体，着手策划两岸故宫展。虽然如此，我一开始对于两岸故宫展实现的可能性就抱持怀

---

① 本后记原为本书在台湾出版时的繁体中文版后记。——编者

疑的态度，原因是对于中国大陆来说，与台湾故宫一起联展，或多或少有利于统战工作。但是对于台湾而言，在日本联展只是与中国大陆并列，并不能达到台湾方面期望的"提高日本社会对台湾的关心"。

在日本，一般而言低估了两岸关系的复杂性。两岸故宫展的计划虽与我的工作没有直接相关，但现在事后来看，日本的确对于台湾故宫问题的重要性，缺乏一定的敏感度。

如我所预期的，台湾方面对于两岸故宫联展不感兴趣，计划受挫，改为台北故宫单独办展。为了要在日本举办台北故宫展，日本各家媒体无不使出浑身解数向台湾方面游说，希望能获选为主办单位。

马英九先生在接受专访时也提到故宫问题，他说："故宫文物到日本展览，如果一切顺利，故宫方面认为2013年应该是一个适合的时机。文物蕴含历史文化的意义，有助于双方深入了解。如果日本博物馆的文物也可以同时来台湾办展的话，效果会更好。这是我个人热切希望达成的。"专访顺利结束后，我就把社长的信亲手交给马英九先生。

台湾方面对于故宫展的时间及办理的形式，当时还没做决定，甚至连决策的架构都还没形成。不过有趣的是，我们独家专访马英九先生，刺激了其他媒体。就在朝日新闻专访后，日本经济新闻社的会长、读卖新闻社的最高顾问都接连访问台湾，拜见马英九，形成了"朝日新闻 VS 日经＋读卖"的态势。不仅如此，向来与台湾关系深厚的产经新闻也表达强烈的意愿，加上东京中日新闻、每日新闻等数家媒体，都开始关切台北故宫赴日展览的事情，呈现出"台北故宫争夺战"的态势。

2011年，"台湾驻日代表"冯寄台成为日本媒体锁定的对象。冯代表是马英九先生身边的人，2008年"总统"选战时曾担任海外事务的顾问，2008年奉命到日本，冯代表也强烈希望促成故宫赴日展览，并曾交给我一篇投稿的文章，题为《在日举办故宫展，必须通过免除假扣押法案》，后来刊载在《朝日新闻》的意见版专栏《我的观点》中。

当时日本国会迟迟未审议海外文物免除假扣押的法案，冯寄台也期盼尽早通过。在这篇投稿中，冯寄台提到："令人遗憾的是，迄今无法实现在日本举办故宫展览。台湾和日本双方并非不期盼举办故宫展，反而是热切期待的。马英九先生在两年前就任后不久，就提出希望在日本举办故宫展览。目前实现故宫展览的唯一障碍，就是免除假扣押的法律问题。"其后，终于在2011年春天，日本国会通过了延宕多时的免除假扣押法案。

依据内部消息，台北故宫将在2014年6月至8月间赴日展览，地点就在东京国立博物馆。此外，也计划在日本的九州国立博物馆、东北地方的仙台等地巡回展出，其中也带有鼓舞东日本大地震受灾灾民之意。媒体间的竞争更为激烈，但我个人希望所有媒体一起组成一个"All Japan"团队，共同担任主办单位，作为最适的解决方案，不知道能否可行。

另一方面，故宫在台湾仍是热门话题，2008年启动的两岸交流，从2009年举办的"雍正大展"起陆续展开，2011年将分隔两岸的《富春山居图》合璧展览。同一年，两岸故宫相关人员循着故宫文物在中国颠沛流离的历史，重走了故宫文物之旅。在两岸文化交流范畴中，故宫的交流可说是最为顺利的一项。

此外，民进党留给马英九国民党当局的"负面遗产"——"故宫南院"问题——至今仍呈现不明状态。本来应该在2008年完工的"南院"，马英九先生在2008年就任时曾表明，"2012年正式开幕"，但是因为"八八风灾"等因素延宕工期，周功鑫在2012年3月下旬公开表示，将以"亚洲艺术文化博物馆"之名，于2015年12月正式开馆。这比原定计划晚了七年之久。

2015年开馆能否实现，仍有不少怀疑的声音。"亚洲艺术文化博物馆"是否会冠上"故宫"的名称，目前尚难判断。依据目前故宫方面的规划，将在"南院"设置四个主题公园。事实上，关于"南院"未来是以观光还是文化为重点，还有很多不清楚的地方。2015年完工的时点，正好是马英九"总统"第二任任期当中。台北故宫和马英九先生究竟会将多少台北故宫的贵重文物运往嘉义，或是如何定位台北故宫的"分院"，都是非常有意思的课题。

最后我想向担任译者的好友张惠君表达由衷的感谢。二十年前在德国偶遇产生的友谊，促成今日的合作成果，这是人生中令人难忘的一大惊喜。

附录 1

本书主要人物

乾隆帝（1711—1799），与康熙帝、雍正帝并列为清朝的"三位名君"。在位长达六十年，赴各地远征扩大版图，爱好文化及书法，积极收集文物，奠定目前故宫收藏的基础。

孙文（1866—1925），中国的政治家、思想家。出生于广东省。曾是一位医生，主导推翻清朝，组成中国同盟会（国民党的前身）。辛亥革命成功后，1912年就任中华民国临时大总统。提倡三民主义作为中国革命的基本理念。台湾现在仍尊称其为"国父"，在大陆也因为是革命先驱者而备受尊敬。台北故宫正门悬挂的"天下为公"是孙文喜爱的格言，在台北故宫的大厅立有他的铜像。

宋美龄（1897—2003），蒋介石之妻。出生于中国上海。浙江财阀宋氏家族的女儿。与宋霭龄（大姐、孔祥熙之妻）、宋庆龄（二姐、孙文之妻），并称为"宋氏三姐妹"。在美国受教育，能说流利的英文，受到美国财政界的欢迎，常代替蒋介石担任对美交涉的工作。喜爱故宫文物，参加台北故宫的董事会，在故宫内也有个人办公室。蒋介石去世后移居美国。

蒋介石（1887—1975），中国政治家。出生于浙江省，年轻时在日本受陆军军事教育。孙文过世后，在国民党内厚植实力，借北伐成功巩固了其权力基础，就任国民政府主席。领导中日战争取得胜利，但是在接下来的国共内战中大败。率领政府、党及军队撤退到台湾时，决定将故宫文物一起运送至台。直到1975年去世前，都担任台湾地区最高领导人。

蒋复璁（1898—1990），台北故宫第一任院长。出生于中国浙江省。国民政府时期担任中央图书馆馆长、故宫博物院（北京）馆长，与国民党一起到台湾。1965年台北故宫成立时就任院长，至1983年卸任。

杭立武（1903—1991），国民党官员、政治家。出生于中国安徽省。1949年故宫文物搬迁台湾时担任"教育部次长"，实际参与指挥。撤退到台湾后，曾担任"教育部长"、"台北驻菲律宾代表"等重要职务。

爱新觉罗·溥仪（1906—1967），清朝末代皇帝。清朝时通称宣统皇帝。清朝灭亡后成为"满洲国"皇帝。日本战败后，成为苏联的俘虏，并被转交给中国，成为共产党统治下的政治犯，接受再教育。得到特赦后，过着一般的平民生活。

那志良（1908—1998），故宫研究员。满族人。从1925年故宫博物院成立时，就以故宫为毕生事业，历经了文物疏散、搬运到台湾、在台湾设立台北故宫等，参与故宫重要变迁，可称为故宫的活字典。著有《故宫四十年》等诸多故宫历史相关书籍。

秦孝仪（1921—2007），台北故宫第二任院长。出生于中国湖南省。历任国民党文化、言论部门之要职，也担任蒋介石遗嘱之起草人。与蒋家关系深厚。于1983至2000年的十七年间担任故宫院长职务。

李登辉（1923— ），台湾第一位民选台湾地区最高领导人。战争时就读于日本京都帝国大学，专攻农业经济学。以农业专家身份受到蒋经国延揽重用，担任"副总统"，1988年蒋经国逝世后就任代理"总统"，1990年担任"总统"。1996年直接选举再任"总统"。推动以区别中国大陆和台湾为目的的"台湾本土化"。

杜正胜（1944— ），民进党执政期间之第一任台北故宫院长。出生于台湾高雄，历史学者。历任"中央研究院"研究员，2002年接任院长。2004年转任"教育部长"。执政权回到国民党手中后，担任台湾大学教授。

周功鑫（1947— ），现任台北故宫院长。大学毕业后进入故宫工作。曾任蒋复璁、秦孝仪两位院长秘书、故宫展览组组长、辅仁大学博物馆学研究所所长。2008年5月国民党取回执政权后，担任故宫院长，是继林曼丽之后第二位女性院长。推动两岸故宫交流。

郑欣淼（1947— ），北京故宫院长。出生于中国陕西省。曾任青海省副省长、国家文物局副局长，2002年担任故宫院长。提倡创设"故宫学"，熟悉故宫历史及收藏形态。

马英九（1950— ），现任台湾地区最高领导人（国民党）。出生于香港。毕业于台湾大学法律系，美国哈佛大学博士。回台湾后担任蒋经国的英文秘书，1998年起担任台北市长。2008年当选台湾地区最高领导人。推动两岸关系融冰，启动两岸故宫的首度交流。

陈水扁（1950— ），台湾"前总统"（民进党）。出生于台南县。毕业于台湾大学法律系，曾担任律师，支持民主化运动。历任"立法委员"、"台北市长"，于2002年当选台湾地区最高领导人。2004年连任。下台后因为洗钱、贪污等罪名被逮捕，目前服刑中。在任中推动故宫改革，目标是"故宫的台湾化"。

林曼丽（1954— ），前台北故宫院长。近代美术专家。日本东京大学博士。曾任台北市立美术馆馆长，2004年起担任故宫副院长，2006年成为第一位女性故宫院长。是民进党当局之文化政策顾问，推动故宫改革。

※ 除了已去世者，职位均以2011年4月时间点为准。

※ 排列顺序以出生时间为准，若出生时间相同，则以姓氏笔画顺序为准。

附录 2

故宫以及中国大陆、台湾、日本之主要大事记

1911 年

10 月发生辛亥革命。清朝末代皇帝溥仪宣布退位。临时政府同意溥仪退位后，仍可住在紫禁城的宫殿中，并承诺其可以"日后搬迁至颐和园"。

1912 年

1 月中华民国成立。孙文就任临时大总统。其后让位给袁世凯。2 月溥仪退位。

1914 年

北京政府以清朝热河避暑山庄及盛京（沈阳）故宫文物为主，于紫禁城设立古物陈列所。

1915 年

日本向中国提出"二十一条"要求，引起中国人强烈愤慨。

1919 年

反日运动渐渐发展成"五四运动"。中国国民党成立(由中华革命党改称为中国国民党——译者)。

1921 年

中国共产党成立。

1924 年

政府决定让溥仪搬离紫禁城。设立"清室善后委员会",是故宫博物院的前身,开始整理紫禁城内的宫廷文物。

1925 年

孙文逝世。故宫博物院成立,10 月起对外开放。

1928 年

国民政府蒋介石完成北伐,统一中国。国民政府接收故宫博物院,公布《故宫博物院组织法》。其间,日本为阻碍中国统一出兵山东,预埋炸弹炸伤奉天军阀张作霖,张于当日死去。

1931 年

日军炸毁中国东北柳条湖附近铁路,以此为借口展开军事行动(九一八事变)。

1932 年

3 月,日本安排溥仪执政(其后成为"皇帝"),建立"满洲国"。

1933 年

日本退出国际联盟。华北情势紧张,国民政府决定将故宫文物运送至南方,经由南京运到上海,包括故宫博物院、古物陈列所、颐和园等宫廷文物一起运送。南送文物共计一万九千五百五十七箱。

1935 年

从放在上海的文物择优挑选七百三十五件，用英国海军萨福克号军舰从上海运至英国，参加在伦敦举办之中国艺术国际展览会。

1936 年

故宫博物院南京分院落成，从上海租界搬运文物至此。

1937 年

7月发生卢沟桥事变，8月发生淞沪会战，中日战争渐次展开，南京文物中，以伦敦展为主的八十箱（第一批）文物送到长沙。是年年底将九千三百三十一箱（第二批）走水路送到汉口。日军陆续占领上海、南京。

1938 年

第一批文物再往西运至贵阳。第二批文物也运至重庆，从南京出发的七千二百八十七箱（第三批）走陆路到陕西省宝鸡。日军开始轰炸重庆。

1939 年

第一批文物安置于贵阳郊外的安顺洞窟。第三批安置于四川峨眉，第二批则安置在四川省乐山郊外的安谷乡。

1941 年

太平洋战争爆发。

1944 年

第一批文物从安顺运至四川省巴县。

1945 年

日本投降。国民政府接收北京的故宫博物院及南京的分院。

1946 年

爆发国共内战。

1947 年

所有的文物经过重庆运回南京。

1948 年

国共内战中，国民党处于劣势。11月故宫博物院理事会决议将文物送到台湾。第一批文物于12月抵达台湾基隆。

1949 年

第二批及第三批抵达台湾。国民政府的重要干部、军队、政府机关撤到台湾。10月共产党宣布成立中华人民共和国，承接延续北京故宫博物院。

1950 年

台湾台中县雾峰乡北沟保管库落成。

1961 年

台湾国民党当局举办故宫文物美国展。

1965 年

台北故宫落成，位于台北郊外。

1966 年

中国"文化大革命"情势紧急，北京故宫暂停对外开放。

1971 年

北京故宫再度对外开放。

1972 年

日本和中国大陆建交，并与中国台湾断交。

1987 年

北京故宫被列入《世界遗产名录》。

1991 年

台北故宫文物精品四百五十二件参加美国展。

2000 年

台湾首度政党轮替。陈水扁民进党当局任命杜正胜为台北故宫院长。

2004 年

石守谦就任台北故宫院长。

2006 年

林曼丽就任台北故宫院长。是第一位女性院长。

2008 年

国民党领导人马英九当选,任命周功鑫为台北故宫院长。是第二位女性院长。两岸关系开始改善。

2009 年

2 月,台北故宫周院长首次访问北京,3 月北京故宫院长郑欣淼访问台北,促进两岸故宫交流常态化。

附录3

参考图书、新闻报道一览表

【日文书籍】

吉田莊人,《蒋介石秘話》,かもがわ出版 2001

莊厳,《遺老が語る故宮博物院》,二玄社 1985

蒋介石秘録取材班,《蒋介石秘録——日中関係八十年の証言》,(上下)サンケイ新聞社,1985

司馬遼太郎,《台湾紀行 街道を行く 40》,朝日文庫,2009

陳舜臣、阿辻哲次、鎌田茂雄、中野美代子、竹内実、NHK取材班,《故宮至宝が語る中華五千年》(1—4),日本放送出版協会,1996—1997

愛新覚羅溥儀,《わが半生『満州国』皇帝の自伝》(上下),ちくま文庫,1992

後藤多聞,《ふたつの故宮》(上下),日本放送出版協会,1999

R. F. ジョンストン,《完訳　紫禁城の黄昏》(上下), 祥伝社黄金文庫, 2008

ウォレン・I・コーエン,《アメリカが見た東アジア美術》, スカイドア, 1999

古屋圭二,《これだけは知っておきたい故宮の秘宝》, 二玄社, 1998

伴野朗,《消えた中国の秘宝　三つ目の故宮博物院》講談社, 1998

板倉聖哲、伊藤郁太郎《台北「国立故宮博物院」を極める》, 新潮社, 2009

児島襄,《日中戦争》(1—3), 文芸春秋, 1984

「国立故宮博物院」編纂,《故宮七十星霜》,「国立故宮博物院」, 1996

富田昇,《流転清朝秘宝》, 日本放送出版協会, 2002

【日文论文】

富田昇,《山中商会展覧目録研究　日本篇》,(見《陶説》538 号 -543 号, 1998)

川島公之,《中国観賞陶器の成立と変遷》,(見《陶説》528 号 -535 号, 1997)

松金公正,《台北故宮における中華の内在化に関する一考察》, 見《台湾における植民地経験》風響社, 2011

家永真幸,《故宮博物院をめぐる戦後の両岸対立(1949—1966)》,(見《日本台湾学会報》第 9 号 2007 年) 日本台湾学会

福田円,《毛沢東の対「大陸反攻」軍事動員(1962 年)》(見

《日本台湾学会報》第12号，2010年）日本台湾学会

石守謙，《皇帝コレクションから国宝へ》，見（東京文化財研究所編）《うごくモノ『美術品』の価値形成とは何か》，平凡社，2004

中野美代子，《愛国心オークション——『円明園』高値騒動》，（見《図書》，2009年7月号）

【日文杂志、展览会目录】

《大特集 台北「故宮博物院」の秘密》，（見《芸術新聞》，2007年1月号）新潮社

《別冊太陽 台北「故宮博物院」》，（2007年6月）平凡社

井尻千男，《美のコンキスタドール》，（見《選択》，2005年12月号）

藤井有鄰館，《有鄰館精華》，1975年

黒川古文化研究所，《黒川古文化研究所名品展——大阪商人黒川家三代の美術コレクション——》，（展覧会図録，2000年9月）

西村康彦監修，《甦る南遷文物——中国南京博物院蔵宝展》，（展覧会図録，1998年9月）TBS

【中文繁体字书籍】

《"国立故宫博物院"年报》，2008

杜正胜，《艺术殿堂内外》，三民书局，2004

杭立武，《中华文物播迁记》，台湾商务印书馆，1978

那志良，《故宫四十年》，台湾商务印书馆，1996

庄严，《山堂清话》，"国立故宫博物院"，1980

王镇华等,《论述与回忆:王大闳》,诚品书店出版,2008

徐明松编,《"国父"纪念馆建馆始末——王大闳的妥协与磨难》,"国立国父纪念馆"出版,2007

郑欣淼,《天府永藏》,艺术家出版社,2009

冯明珠,《故宫胜概——新编》,"国立故宫博物院",2009

【中文繁体字论文】

蒋复璁,《复兴中华文化之要义》,(《故宫季刊》,1966年创刊号)

蒋复璁,《"国立故宫博物院"迁运文物来台的经过与设施》,(《故宫季刊》,1968年冬季号)

沈哲焕,《政府迁台文物之定位与归属》,2003

《"国立故宫博物院"十年工作报告》,(《故宫季刊》1976年夏季号)

何联奎,《"故宫博物院"之特质》,(《故宫季刊》1971年春季号)

陈夏生,《老装老运好》,(《故宫文物月刊》2005年10月号)

黄宝瑜,《中山博物院之建筑》,(《故宫季刊》1966年7月号)

石守谦,《八十周年感言》,(《故宫文物月刊》,2005年10月号)

桂宏诚,《中华民族的凝成:国家认同与文化一体》,(《"国政"研究报告》,2002年9月30日)

张临生,《"国立故宫博物院"收藏源流史略》,(《故宫学术季刊》1996年春季号)

《"国立中央博物院"筹备处存台文物品名及件数清册》,(1949年11月,国民党党史馆馆藏)

蒋伯欣,《"国宝"之旅:灾难记忆、帝国想象,与"故宫博

物院"》,(《中外文学》,2002年2月)

《戴萍英基金会珍藏》佳士得,2008年12月

【中文繁体字新闻】

《故宫国宝迁台延续中华文化香火》,(《亚洲周刊》,2009年3月1日)

《杜正胜访秦孝仪论及故宫定位》,(《联合报》,2000年4月27日)

《两岸故宫院长新春正式互访》,(《中国时报》,2008年12月31日)

《两岸故宫历史性合作 雍正打头阵》,(《联合报》2009年1月6日)

《周功鑫学界绕一圈》,(《自由时报》,2008年5月1日)

《故宫南院建筑师 提告索赔四千万》,(《联合报》2008年11月26日)

《离散百年三希帖 后年聚台北故宫》,(《联合报》2009年10月14日)

《故宫院庆 文物分类走回老路》,(《自由时报》2008年10月9日)

《期盼故宫注入台湾新精神》,(《自由时报》2008年4月29日)

《故宫弊案向上烧》,《联合报》,(2007年5月24日)

《翠玉白菜游南台 文化新体验》,(《中国时报》2004年1月20日)

《龙应台、林曼丽 纷争打住》,(《中国时报》2000年5月19日)

【中文简体字书籍】

那志良,《我与故宫五十年》,黄山书社,2008

《国宝工程2002—2007》,中华抢救流失海外文物专项基金,2008

温淑萍,《话说沈阳故宫》,辽宁大学出版社,2008

陈文平,《流失海外的国宝》,上海文化出版社,2001

杜金鹏主编,《国宝》,长江文艺出版社,2007

吴树,《谁在收藏中国》,山西人民出版社,2008

故宫博物院编,《故宫博物院》,紫禁城出版社,2005

故宫博物院编,《故宫博物院八十年》,紫禁城出版社,2005

郑欣淼,《紫禁内外》,紫禁城出版社,2008

李海明、惠君编,《国宝档案》,人民文学出版社,2008

国家文物局,《中国文物事业改革开放三十年》,文物出版社,2008

杨剑,《中国国宝在海外》,中国友谊出版公司,2006

【英文书籍】

Murphy, J. David. *Plunder and Preservation: Cultural Property Law and Practice in the People's Republic of China.* New York: Oxford University Press, 1995.

图书在版编目(CIP)数据

两个故宫的离合／（日）野岛刚著；张惠君译.
—上海：上海译文出版社，2014.1(2019.4重印)
（译文纪实）
ISBN 978-7-5327-6388-7

Ⅰ.①两… Ⅱ.①野… ②张… Ⅲ.①纪实文学-日本-现代
Ⅳ.①I313.55

中国版本图书馆CIP数据核字（2013）第254017号

FUTATSU NO KOKYU-HAKUBUTSUIN
By TSUYOSHI NOJIMA
Copyright © 2011 TSUYOSHI NOJIMA
Original Japanese edition published by SHINCHOSHA Publishing Co. Ltd., Tokyo.
All rights reserved.
Chinese (in simplified character only) translation copyright © 2013 by Shanghai Translation Publishing House.
Chinese (in simplified character only) translation rights arranged with SHINCHOSHA Publishing Co. Ltd., Japan through Bardon-Chinese Media Agency, Taipei.
图字：09-2013-65号
本书译稿及部分图片由联经出版事业公司授权出版

两个故宫的离合
〔日〕野岛刚　著　张惠君　译
责任编辑/李　洁　装帧设计/观止堂_未氓

上海译文出版社有限公司出版、发行
网址：www.yiwen.com.cn
200001　上海福建中路193号
上海信老印刷厂印刷
开本890×1240　1/32　印张8　字数107,000
2014年1月第1版　2019年4月第9次印刷
印数：57,001—62,000册

ISBN978-7-5327-6388-7/I·3820
定价：35.00元

本书中文简体字专有出版权归本社独家所有，非经本社同意不得转载　摘编或复制
如有质量问题，请与承印厂质量科联系。T: 021-39907745